昭和の焼きめし

食堂のおばちゃん⑭

山口恵以子

ハルキ文庫

角川春樹事務所

目次

昭和の焼きめし

食堂のおばちゃん14

第一話●ラーメンで、こんにちは

「ササミの梅和《うめあ》え素麺《そうめん》、セットでね！」

ご常連のワカイのＯＬがハンカチで額の汗を拭《ふ》きながら言った。

「私もそれ！」

連れのＯＬ三人も声を揃《そろ》えた。

ササミの梅和え素麺は、茹《ゆ》でた鶏《とり》ササミと香味野菜をトッピングしたぶっかけ素麺で、麺つゆに梅干しを混ぜ合せたタレをかけてある。とてもさっぱりした味わいで、暑さで食欲がない時でもつるつると喉《のど》を通る。

九月も終わりに近づくと、さすがに盛夏のような猛暑ではなくなるが、それでも涼しいとは言い難い。まだまだ冷たいぶっかけ素麺は食べたくなるメニューだ。

「俺《おれ》、鰯《いわし》のカレー揚げ！」

隣の席の中年サラリーマンは、はじめ食堂の人気メニューを注文した。

「僕も同じで！」

同席した三十代のサラリーマン三人も同じものを注文した。上司に同調したわけではなく、以前はじめ食堂で鰯のカレー揚げを食べて、他の店ではあまりお目にかかれない美味《おい》しさを覚えているのだ。

今日のはじめ食堂のランチメニューは、焼き魚が鮭《さけ》の西京味噌《さいきょうみそ》漬《づ》け、煮魚がカラスガレイ、日替わりは鰯のカレー揚げと豆腐ハンバーグ、ワンコインがササミの梅和え素麺。小鉢はセットが洋風おから、五十円の有料品がオクラ納豆。味噌汁は冬瓜《とうがん》と茗荷《みょうが》。漬物はキュウリとなすの糠漬《ぬかづ》けで、もちろん一子《いちこ》が手塩にかけたぬか床で漬けた自家製だ。

これにドレッシング三種類かけ放題のサラダがついて、ご飯と味噌汁はお代わり自由で一人前七百円。涙を呑《の》んで小鉢一品は有料にしたが、ほとんどのお客さんは今でも五十円払って二品目の小鉢を選んでくれる。長年の営業努力で培ったお客さんとの信頼関係は、令和になってもゆるぎない。

「ところでさ、おばちゃんとこ、ラーメンはやらないの?」

帰り際、勘定を支払った若いサラリーマンが尋ねた。まだ通い始めて日の浅いお客さんだが、今は週に二~三回来てくれる立派な常連さんだ。

「ラーメンはお店がたくさんあるから、うちでやってもねえ」

二三《ふみ》が当然のように答えると、お客さんは残念そうに言った。

「そっか。ここもやってれば、わざわざラーメン屋で並ばなくてもすむと思って」

「ごめんなさいね。その代わりスープ春雨はやってるから」

　答えながら、二三はふと疑問を感じた。

　スープ春雨は出しているのに、どうしてラーメンは出さなかったんだろう。

「うちの実家がラーメン屋だったでしょ。大変なの見てたから、片手間で手を出す気になれなくてね」

　一子の言葉に、梓《あずさ》は納得した顔で頷《うなず》いた。

「そうよね。スープの仕込みとか、半日がかりだもんね」

　午後一時を過ぎるとお客さんの波は引き始め、それから三十分経《た》った今、お客さんは遅いランチのご常連、野田《のだ》梓と三原茂之《みはらしげゆき》の二人だけになった。

　二人は当然ながらはじめ食堂の名物、鰯のカレー揚げを注文した。店からはササミの梅和え素麺を小鉢でサービスしている。他のお客さんの帰った後なので、長年のご常連に多少の心遣いをしても、罰は当たるまい。

「ランチの一品として出すなら、そんな手間暇かけられないでしょう。それを本物の味と比べられてもねえ」

　一子は結婚するまで店を手伝っていたから、両親や兄の働きぶりを目の当たりにしていた。それで、余計にハードルが高く感じられるのかもしれない。

「でも、お宅はワンコインでうどんや蕎麦《そば》を出してるわけだし、もう少し気楽に考えてもいいんじゃないですか」

三原はサラダにノンオイルドレッシングをかけながら言った。

「お客さんだって、別にラーメン屋さん並みのものを求めてるわけじゃないですよ。近所の食堂でランチするとき、メニューにラーメンが入ってればいいな、くらいの気持ちで」

二三は頭の中でラーメンを作る工程を再現した。

こだわりのラーメン屋のように手間暇かけてスープを作るわけにはいかないが、鶏ガラで出汁《だし》を取って中華スープの素《もと》を加えて醬油《しょうゆ》を垂らせば、それなりの味にはなるだろう。具材はチャーシュー、メンマ、刻みネギで良い。麺は極細を使えば二分足らずで茹で上がるから、お客さんを待たせずに済む……。

「ねえお姑《かあ》さん、一度ラーメンやってみない？　ワンコインで」

一子は困ったような顔で二三と三原を見比べた。

「私も、ラーメンはやってみる価値あると思います」

皐《さつき》も大いに乗り気になった。

「うちで出すなら、むしろ、さりげない普通のラーメンで良いと思うんです」

そして「日曜の夜、映画の帰りにあるラーメン屋に入ったんです」と前置きをして話し始めた。

「牡蠣《かき》出汁のスープが売りの店でした。私、貝出汁ラーメンや鯛《たい》出汁ラーメンは大好きなんで、牡蠣も絶対美味しいだろうと確信してました」

牡蠣はオイスターソースの原料である。中華料理との相性が悪いはずはない。

「人気のある店で、夜十時過ぎでも満席で、次々お客さんが入ってくるので、そりゃもう期待に胸を弾ませてたんです。でも、実際にラーメンが運ばれてくると……」

皐はそこで言いよどんだ。

「まずかった?」

二三の問いに、皐は思い出すように眉《まゆ》を寄せた。

「難しいんです。何て言えばいいか……スープは牡蠣の味が濃厚で、ポタージュみたいにとろみがあって、すごく美味しかった。でも、麺が中太で固くて、スープと全然合ってなくて。て言うか、あのスープで中華の麺食べるのどうかなって感じで……。多分、スープに合せて麺も特注してるんだろうけど、むしろパスタの細麺の方が合うんじゃないかって思ったりして」

皐はそこで一度言葉を切り、一同の顔を見回した。

「あれがもし、普通の中華のラーメンスープだったら、あそこまで違和感なかったと思うんですよ。だから、あんまり凝りすぎるより、麺もスープもありふれたラーメンの方が、万人受けするんじゃないかって、考えちゃいました」

皐の感想は、二三と一子にはすんなりと腑《ふ》に落ちた。

「そっか。個性が強いと、お客さんを選ぶってことよね」

「好きな人にはたまらない味でも、それ以外の人には受けないってことはあるわね」

梓も大きく頷いた。

「激辛ブームってあったじゃない。今もあるけど、カレーやラーメンで激辛好きな人は、やっぱり少数派よね。あたしは全然ダメ」

そして、一子に向かってにっこり笑いかけた。

「おばさん、やってみなはれ、よ。受けなかったらやめればいいんだから」

「そうね」

一子も肩の力が抜けたように、気楽な笑みを浮かべた。

「今まではじめ食堂はそれでやってきたんだものね」

「そうよ、お姑さん。受けたらまた一つ名物が増えるわ」

皐は早くもやる気満々になった。

「私、東京ラーメングランプリ特集してる雑誌、持ってきます！」


ところがその日、賄いを食べ終わったとき、ある人が店を訪ねてきた。

「あら、串田《くしだ》さん」

「休憩中に、すみません」

串田保《たもつ》は遠慮がちに開けた戸の隙間《すきま》から、申し訳なさそうに頭を下げた。はじめ食堂の並びにある焼き鳥屋「鳥千《とりせん》」の主人で、今や佃大《つくだ》通りに残っている飲食店は、昭和四十年創業のはじめ食堂と、昭和五十五年創業の鳥千の二軒しかない。

「まあ、どうぞおかけください」

一子が空いたテーブル席の椅子《いす》を示し、皐は素早く立ち上がって厨房《ちゅうぼう》に入り、湯呑《ゆのみ》にほうじ茶を注《つ》いだ。

「どうぞ、お構いなく。あ、これはつまんないものですけど」

串田は手に持っていたアマンドの箱を差し出した。

「いつもお心遣いいただいてすみません」

二三は頭を下げて箱を受取った。中身は多分シュークリームだろう。かつて鳥千がランチ営業していた頃《ころ》、ご飯が足りなくなるとはじめ食堂に借りに来た。借りたのと同じ量を返すのが仲間内の仁義だったが、串田はいつもご飯の外にアマンドのシュークリームを手土産に持ってきてくれたものだ。

「実は、店を閉めることになりました」

一子と二三と向かい合わせに座り、串田は淡々と切り出した。串田の引退については、一子も二三も驚かなかった。

「そうですか。残念です」

一人息子の進一《しんいち》はイタリア料理の修業をした腕の良い料理人で、今は慶應《けいおう》大学出の美しい奥さんと結婚し、西麻布《にしあざぶ》の高級イタリアンで雇われシェフをしている。進一がシェフになって二年でミシュランの星を取ったというから大したものだ。

「倅《せがれ》にも、もう一度確認したのですが、このまま西麻布で店を続けたいと言うんです」

二三と一子は思わず顔を見合せた。

八年前、シェフを務めていた店のオーナーが事業に失敗して倒産し、閉店の憂き目に遭って、進一は一時佃に戻ってきた。その時、父の店をイタリア料理店にすると主張して、盛大な親子喧嘩《げんか》に発展したのだった。

「いや、それが、実は今の店のオーナーさんは、今年八十になったのを機に引退するそうです。その方は子供がいないので、倅にそのまま店を継いでくれないかって頼んだってことです。願ってもない話なんで、是非引き受けたいって、倅は大乗り気で」

確かに、西麻布の高級イタリア料理店の跡を継げるなら、それはかなり運の良い話だ。店にはかなりの常連客がいるはずで、移転によって数を減らさずに済む。

「オーナーさんは良い方で、倅の腕を買ってくれて、引継ぎの条件もかなり有利にしてくれたそうです。こんなチャンスはもう二度とないって、倅は言ってました。……私もそう思います」

串田は二三と一子を見て、力なく微笑《ほほえ》んだ。

「いつか倅が戻ってくると思って店を続けてきたんですが、それがないとなると、私も女房も気が抜けちまいましてね。何しろ二人とも後期高齢者だから。この先、もう無理は利きません」

串田の妻のひな子は二十年近く前、大病を患った。それがきっかけで鳥千はランチ営業をやめ、二人いた従業員にも暇を出し、夫婦二人で細々と店を続けてきたのだった。

串田とひな子の年齢と先行きを考えれば、閉店の決断はやむを得ないだろう。

「そうですか。長いお付き合いだったのに、お名残《なご》り惜しいです」

「鳥千さんがなくなると、寂しくなります」

「いえ、うちこそ奥さんとタカちゃんの奥さんには、ずいぶんお世話になりました」

串田は一子を「奥さん」、二三を「タカちゃんの奥さん」と呼ぶ。亡くなった高《たかし》の記憶をとどめてくれる人も少なくなった昨今、鳥千が閉店してしまうと思うと、二三は改めて寂しさがこみあげてきた。

「お店を閉じた後のことは、もうお決まりですか？」

一子が心配そうに尋ねると、串田は照れたように微笑んだ。

「幸いなことに、弥生《やよい》さんのお父さんが、老人介護施設の調理主任の仕事を紹介してくれたんですよ」

弥生は進一の妻で、父は大手製薬会社の取締役を務めているという。

「施設の近くのアパートを従業員用に借り上げてるんで、私と女房はそこで暮らすことになります。将来は優先的に施設に入居させてもらえるって話で、そんなら働けなくなっても安心です」

「まあ、それじゃ、今のお宅は人手に？」

一子の問いに、串田はきっぱりと首を振った。

「いえ、手放すつもりはありません。少なくとも私が元気なうちは。倅の代になったら、どうするかは勝手ですが」

二三は不意に、以前歯医者の待合室で読んだ男性週刊誌の記事を思い出した。「老後絶対にやってはいけない事」という特集で、中に「持ち家を売るな」という項目があった。めでたく高齢者用施設に入居しても、トラブルが発生しない保証はない。そんな時、帰るべき家を失《な》くすと悲惨なことになる、という内容だった。

「それじゃ、どなたかに貸すとか？」

人の住まない家はたちまち荒廃する。最低週一回は窓を開けて空気を入れ替えないと、湿気でやられてしまうのだ。

「実は、もう借り手も見つかったんです」

「おや、まあ。とんとん拍子ですねえ」

一子は感心したように言った。一度事が動き出すと、あとは加速度がついたように一気に事態が進展する。そんな経験は、誰《だれ》にもあるに違いない。

「倅の紹介なんですよ。昼を食べに行ってたラーメン屋で修業してた人で、独立して店を出すんで、候補を探してたそうです。うちの店なら厨房をちょっといじるだけで、居抜きで使えるみたいで、そこが気に入ったらしいんですが」

鳥千の焼き鳥は炭火ではなく、ガスの火を使っているので、業務用のガスの設備が備わっている。客席もひな子の病気の後、カウンター席だけにした。ワンオペのラーメン屋にはピッタリで、改装費用を浮かせられる。

「倅の話じゃ、真面目《まじめ》でしっかり者で頑張り屋ってことでしたが、会ってみて私も女房も、すっかり応援したい気持ちになりましてね。あっという間に話がまとまっちまいました」

「まとまる話は早いですからね」

一子は大いに納得して頷いた。これまでの人生を考えても、まとまる話はさっさと決まり、難航した話は決裂するかうまくいかないか、どちらかだった。

例えば一子と孝蔵《こうぞう》の結婚も、二三と高の結婚も、万里《ばんり》のバイト就職も、あっという間に決まってしまった。そして、とてもうまくいった……。

万里は日本料理の名店「八雲《やくも》」で修業を始めてすでに二年目。主人の八雲は自分の修業した料亭に推薦すると言ってくれたが、親方の腕に心酔している万里は、引き続き店で働かせてほしいと願い出て、今日に至っている。

「いずれこちらに挨拶《あいさつ》に来ると思うんで、その時はよろしくお願いします。相良《さがら》さんって女の人です」

「あら、女性なんですか？」

二三は思わず頓狂《とんきょう》な声を上げた。自分だって女で料理人なのだが、ラーメンと聞くと、どうしても男の職人を連想してしまう。

「私も最初はびっくりしました。今じゃ女の料理人は珍しくないですけど、ラーメンは男のイメージなんで。ただ、息子が太鼓判を押すくらいだから、腕の良い職人に違いないです」

串田の口調には熱があった。自分の店の跡に店を開く新しい料理人に、肩入れする気持ちになっているのかもしれない。

そんな人の好《よ》い串田の次のステージに幸多かれと、二三も一子も心から願っていた。

「うん。鳥千のおじさん、うちにも挨拶に見えたよ」

その日の夕方、口開けの客となった辰浪康平《たつなみこうへい》は、カウンターで浮かない顔をした。今日は生ビールの小ジョッキを片手に、お通しの洋風おからをつまんでいる。コンソメスープと塩胡椒《こしょう》で味付けしたひき肉と玉ネギ入りのおからは、コロッケの中身に一脈通じる味わいで、ビールのお供にぴったりだ。

「まあ、事情を考えれば閉店するのはやむを得ないけど、次の店がラーメン屋っていうのは、ちょっとがっかりだな」

「ラーメン屋さんじゃ、お酒あんまり出ないものね」

隣に座った菊川瑠美《きくかわるみ》が、気の毒そうに言った。フルートグラスの中身はピノシャルドネスプマンテ。イタリア産のスパークリングワインで、これはさっぱり辛口だ。

「理想を言えばバーに入ってほしかったんだけど、しょうがないか」

康平はジョッキを傾けて、一気に半分ほど飲んだ。

「焼き鳥屋って、居酒屋系の中でも酒の占める割合が大きいんだよね。はじめ食堂なら『孤独のグルメ』の井之頭五郎《いのかしらごろう》さんでも大丈夫だけど、焼き鳥屋で酒抜きってのはキツイと思うよ」

瑠美は共感をこめて頷いた。

「そうなのよ。実は一昨年《おととし》、緊急事態宣言が発令されるかどうかって時に、ミシュラン一つ星の焼き鳥屋さんに予約入れたのよね。そしたら、宣言が出たら酒類は提供できないって言われて、結局キャンセルしたわ。ウーロン茶で焼き鳥って、哀《かな》しいもん」

「ラーメン屋さんも、ビールは出るんじゃないですか?」

湯気の立つ青梗菜《チンゲンサイ》の蟹餡《かにあん》かけの皿をカウンターに置いて、皐が尋ねた。

「スズメの涙」

康平はさっとスプーンを持ち、皿に料理を取り分けて瑠美と自分の前に置いた。生姜《しょうが》風味の餡の中にたっぷりと仕込まれた蟹肉は、二三がドン・キホーテで見つけて体力の限界まで買い込んだ、カナダ産カニ缶のものだ。今日のメニューには蟹雑炊も載せてある。

瑠美はたっぷり餡をまとわせた青梗菜を箸《はし》でつまみ、何度も息を吹きかけてからそっと口に入れた。

「……美味しい」

二三の頰《ほお》が得意満面の笑みで緩んだ。

「本当は蟹をほめなきゃいけないんだけど、でも、この青梗菜も美味しいわね」

「出入りの八百屋さんが持って来てくれたの。自家製ですって」

松原青果《まつばらせいか》を経営する松原団《だん》は、江戸川区の自宅で作った野菜と市場などで仕入れた野菜を軽トラックに積み、銀座から築地《つきじ》、佃まで足を延ばして契約した店舗に卸して回る、無店舗販売の青果店で、はじめ食堂との付き合いは三年になる。品物が良くてリーズナブル、おまけに運んでもらえる便利さもあって、店では随分と重宝している。

「新しく出来るラーメン屋さんに紹介してあげたら？　長ネギや青梗菜なら、使うんじゃないかしら」

するとカウンターの隅に座った一子が、表情を曇らせた。

「それより先生、うち、ランチでラーメンを出すことにしたんですよ。ワンコインで」

「あら、良いじゃありませんか。わざわざラーメン屋さんに行かなくてもはじめ食堂で食べられたら、便利だわ」

「でもねえ、並びにラーメン屋さんが出来るとなると、やっぱりやめた方が良いような気がして」

「どうして?」

「だって、嫌みじゃありませんか。商売の邪魔してるみたいに思われたらいやだし、うちだって専門店のラーメンと比べられるのも、あんまり嬉《うれ》しくないしねえ」

「一子さん、急に弱気になって、どうしたの」

瑠美は優しく微笑みかけた。

「何軒もラーメン屋さんが並んでる通りだってたくさんあるし、専門店でラーメン食べたい気持ちと、いつもの食堂で今日はラーメン食べようかなって気持ちは、別物ですよ。どちらにとっても、商売の邪魔にはならないと思います」

するとと康平まで一子の方に身を乗り出した。

「そうだよ、おばちゃん。むしろ相乗効果になるよ。中華街見てみ。中華の店が集まってるから、お客が寄ってくるんじゃないか」

「ありがとう、二人とも」

一子は苦笑を浮かべ、軽く頭を振った。

「どうも、無用な揉《も》め事が起こったら困るって気持ちが先に立ってね。こういうの、取り越し苦労のくたびれ儲《もう》けって言うのかねえ」

皐も一子の方に近寄った。

「やってみましょうよ、一子さん。結果が悪かったらやめればいいんだから」

「そうよ、お姑さん。だいたい、新しいラーメン屋さんがどんなラーメンを出すかも、全然分らないんだから」

「そうですよ。私が食べたみたいな濃厚牡蠣出汁ラーメンだったら、全然競合しないです。だって、ラーメンじゃないんだもん」

みんなに優しく励まされて、一子の心もネガティブからポジティブに変ったようだ。曇りが消え、晴れ晴れとした表情になった。

「そうよね。まだ、どんなラーメンを出すお店かも分らないんだもの。心配したってしょうがないわ」


串田とひな子は十月に入ると、新しい職場へと引っ越して行った。

それと入れ違いに、店の看板が「鳥千」から「ラーメンちとせ」に掛け替えられた。居抜きでの店替えなので、それ以外に大掛かりな工事はなく、業者が寸胴鍋《なべ》や什器《じゅうき》類を運び入れるのが見られたくらいだった。

ちょうどその日、はじめ食堂はランチタイムの営業を終え、三人で賄いを食べようとしていた。

「ごめん下さい」

入り口の戸を細目に開けて、顔を覗《のぞ》かせた女性が声をかけた。

「新規開店のご挨拶に伺いました」

女性はそのまま戸を開けて店に一歩足を踏み入れ、二三たちに向かって頭を下げた。

「『ラーメンちとせ』の店主で、相良千歳《ちとせ》と言います。どうぞよろしくお願いします」

千歳はまだ三十そこその若さだった。小柄で引き締まった体つきで、グラビアモデルでも通りそうな可愛《かわい》らしい顔立ちだったが、染めていない髪を坊主一歩手前のショートカットにして、化粧気はまったくない。料理に懸ける覚悟のようなものが伝わってきた。

「ご丁寧に畏れ入ります。鳥千のご主人からお話は伺ってます。修業して独立なさったそうで、開店おめでとうございます」

一子が丁寧な口上を述べると、千歳は恐縮して「ありがとうございます」ともう一度頭を下げた。

「この通りで食べ物屋をやってるのは、今ではうちとお宅の二軒だけになってしまいました。分らない事や困った事があったら、遠慮なく相談して下さい。うちでお役に立てることなら、お力になりますから」

二三も口添えした。まったくの初対面だが、千歳に好感を抱いた。串田の息子・進一が言った「真面目でしっかり者で頑張り屋」は当たっている気がする。

二三たちの好意が伝わったらしく、千歳も嬉しそうに目を輝かせた。

「ありがとうございます。どうぞよろしくお願いします。あの、これ、皆さんでおやつにでも……」

千歳は手に持ったアマンドの箱を差し出した。二三はまたしても串田を思い出し、ほんの少し寂しさを感じた。

「お店を続けるのは大変なことも多いと思いますけど、頑張ってくださいね」

「応援してますよ」

「お客さんにも宣伝しときますね」

三人は口々にエールを送った。

「えらいなあ。あの若さで独立かあ」

千歳が出て行くと、皐はため息交じりに呟《つぶや》いた。味噌汁の店を始めるためにショーパブを辞めた皐は、千歳とわが身とを引き比べて忸怩《じくじ》たるものがあるのかも知れない。

「さっちゃん、何事にも時期があるのよ。焦りは禁物」

そんな気配を察したのか、一子がキッパリと言った。

「千歳さんだって、独立を考えた時に、閉店を決めた鳥千さんと出会ったからこそ、すんなり事が運んだんだから」

「そうそう。それに、千歳さんのお店が成功するかどうか、まだ分からないわ。すべてはこれからよ」

「すみません。決して焦ってるつもりはないんですけど……」

二三も一子も皐が言いよどんだ「……」を、想像することが出来る。それでも年下の女性が独立したのを目の当たりにすると、自分が不甲斐《ふがい》なく思われてしまう、と。

二三は言ってやりたかった。それは皐に限らない。誰もが同じ気持ちになるだろう。だから気にすることはない、と。

すると一子がのんびりした口調で言った。

「ふみちゃん、千歳さんはどんなラーメンを作るんだろう。一度食べてみたいね」

「土曜に、夜食食べに行ってみようか」

「そうだね。ご近所だし。さっちゃんも一緒にどう？」

「はい。行きたいです」

皐も明るい表情を取り戻して答えた。

翌日の午前九時、「ラーメンちとせ」の前に軽バンが停《と》まった。車から降りた千歳がシャッターを開けると、荷台から食材らしき荷物を店の中に運び込んだ。荷下ろしが終わると軽バンを駐車場に置いて戻り、店の中へと消えた。

やがて、店の中で回している換気扇を通して、旨《うま》そうな香りが路上に漂ってきた。思わず足を止めた道行く人は、店を覗き込もうとしたが、暖簾《のれん》も立て看板も出ていないので、残念そうな顔でそのまま通り過ぎた。

そして十一時半になり、はじめ食堂のランチ営業が始まった。

「ねえ、おばちゃん、あそこのラーメン屋さん、いつ開店するの？」

入ってくるそうそう、ご常連のワカイのＯＬが尋ねた。

「今週の土曜日ですって」

「でも、通りかかったらスープの匂《にお》いがしたわよ」

「開店に備えて、予行演習してるんじゃないですか」

「そんなことするの？　大変ねえ」

ＯＬは目を丸くした。

二三も実際にこの目で見たわけではないが、多分そうだろうと思った。初めて自分の店を持つのだから、気合が入っているはずだ。

その日、ランチ営業のお客さんの波が引いた午後一時半、千歳が店に入ってきた。三原茂之と野田梓しか先客のいない店内を見回し、何処《どこ》に座ればよいかと目を泳がせた。

「いらっしゃいませ。どうぞ、空いてるお席に」

千歳は二人掛けのテーブルに腰を下ろした。

「どうぞ。本日のランチメニューです」

皐がメニューを書いた黒板を、千歳に見えるように椅子の上に置いた。

本日の日替わり定食は麻婆豆腐《マーボーどうふ》とチキン南蛮《なんばん》。焼き魚が鰯明太子、煮魚が鯖《さば》の味噌煮。ワンコインが親子丼《おやこどん》。小鉢は手作りなめたけ。五十円プラスで里芋とスルメイカの煮物。味噌汁はジャガイモと玉ネギ。漬物は一子手製のカブの糠漬け（葉付き）。これにドレッシング三種類かけ放題のサラダがついて、ご飯と味噌汁はお代わり自由。そして値段は……。

「これで七百円⁉　信じられない」

千歳は心底驚いたような顔でメニューを凝視した。

「私、うちのラーメンの定価、七百円にする予定なんです。でも、それじゃお客さんは来てくれないかも……」

動揺しているのか、語尾が心細げに震えた。

「大丈夫ですよ」

皐は励ますように明るい声で言った。

「ラーメンは今、どこの店でも七百円くらいします。皆さん分ってるから、別に高いとは思いませんよ。千円以上する店だってたくさんあるんだし」

「うちは自宅兼店舗で、テナント料がないんですよ。だからその分安く抑えられるの」

「それに家族経営だから、お給料もさっちゃんだけで済むしね」

最後に一子が付け加え、にっこり笑って訊《き》いた。

「ご注文、どうなさる？」

「あ、あの、鰯ください。ほんとは鯖も食べたいけど、二つは無理だから。私、青魚好きなんです。あと、五十円プラスで小鉢は二つ」

安心したのか、千歳は硬かった表情を緩めた。二三はカウンターから首を伸ばした。

「千歳さん、鰯明太子と鯖、ハーフ&ハーフにしましょうか？」

「良いんですか？」

たちまち嬉しそうに目が輝いた。

「もちろんです」

「是非、お願いします」

二人のやり取りを聞いて、三原も梓も控えめに微笑んだ。はじめ食堂に通ってこの方、二人ともどれだけ「ハーフ&ハーフ」の恩恵にあずかったことだろう。

「開業前なのに、お店にいらしてるんですか？」

皐がほうじ茶とおしぼりを運んで行って尋ねた。

「ええ。接客とかサービスの手順とか、シミュレーションしておかないと、当日困りますから」

「あのう、でも、何年もラーメン屋さんで修業なさったんでしょう？」

「私が勤めていた店は大きくて、従業員も十人いました。だからある意味分業制で、洗い場専門や接客専門もいたんです。でも、今度の店は私一人のワンオペです。一人でやるのと複数人でやるのとでは、天と地ほども違います。だから、仕事の流れとすべての手順を、前もって身体《からだ》に叩き込んでおかないとダメなんです」

その言葉に、聞いていた一同はすっかり感心してしまった。

「私たちも、お店がオープンしたら食べに行きますね」

「ありがとうございます。お待ちしてます」

千歳はテーブルに額がくっつきそうになるほど頭を下げた。

ハーフ&ハーフの定食が運ばれてくると、朝から気を張って働いていた千歳は、小柄な体に似合わぬ旺盛《おうせい》な食欲を見せ、スピーディーにご飯とおかずを食べ進めた。そして先客の梓と三原と同時に全部平らげた。

「ああ、美味しかった！」

気持ちの良い食べっぷりに、二三はますます千歳に好意を感じた。

やっぱり料理人はこうでなくちゃ。食べるのが好きで、人に食べさせるのが好き。これがすべての基本だわ。

「あの焼き鳥屋さん、ラーメン屋さんになるんですね。いつオープンするんですか？」

翌日の朝、注文した野菜を届けに来た松原団が尋ねた。

「今週の土曜日ですって。今はその準備で大わらわ」

「毎日朝九時には店に来てるっていうから、松原さん、声かけてみたら？」

「ラーメン専門店だから、長ネギの需要は多いんじゃないかしら」

三人に同時に話しかけられても、団は話の筋道を取り違えない。聖徳太子の子分並みの才能だ。

「そうですね。僕、ラーメン好きだから、仕事の後でランチしようかな」

改めて団を見ると、千歳との髪の毛の差は三センチしかない。顔は全然違うのに、どうして髪型が似ているのか。考えると二三はおかしくなった。

「松原さんはどんなラーメンが好きなんですか？」

皐は若いだけに、三人の中では一番ラーメンを食べている。

「色々食べたけど、最近はあっさり系に落ち着きましたね。塩味とか醤油味の」

「趣味が合うわね。私もお姑さんも、今は完全あっさり系。豚骨とか背脂とか焦がしニンニクとか、聞いただけでおなか一杯」

「やっぱり原点に帰るのかねえ。あたしの若い頃のラーメンは、みんな醤油味のあっさり系だったから」

するとと皐は不思議そうに呟いた。

「それじゃ、博多の人はお年寄りでも豚骨派なのかしら」

素朴な疑問に、博多に知り合いのいない四人は、一斉に首を傾《かし》げたのだった。


翌日、はじめ食堂に配達に訪れた団は、開口一番に報告した。

「ラーメンちとせさん、昨日、ご注文いただきましたよ」

「あら、早速。良かったわね」

「今のとこは長ネギと生姜だけですけど、店が軌道に乗って、もう少しメニューの幅を広げられたら、別途考えてくれるそうです」

二三は話の流れで訊いてみた。

「でも、ラーメン専門店じゃ、やっぱり野菜の量は限られるわよね」

「はい。ただ、単品でも大量注文なら、うちとしてはありがたいですよ」

「そっか。行列のできるラーメン屋さんなら、使うネギの量も半端ないものね」

「でも、ご主人が女性なんで驚きました。僕、ラーメン屋の主人は男しか知らないです」

二三もラーメン屋と聞いてイメージするのは男性だった。

「そうね。どうしてかしら？」

「だって重労働だもの」

代わって一子が答えた。実家はラーメン屋だったので、実態はよく知っている。

「寸胴で出汁とってスープ作るでしょ。あの鍋、重いのよ。鶏ガラや野菜くずいっぱい入れて。中華は鍋振りだって、慣れないと腱鞘炎《けんしょうえん》起こすしね」

「ああ、そうなんだ。それで……」

団は腑に落ちたように頷いた。


土曜日のはじめ食堂はランチ営業がない。十時過ぎ、二三は散歩がてら買い物に出て帰ってきた。

千歳の店に差し掛かると、まだシャッターの下りた店の前でじっと佇《たたず》んでいる男がいた。確か、買い物に出かける時も見かけたような気がする。ちらりと顔を見ると、ちょっと気の弱そうな優男だった。二三の好みではないが、イケメンの部類だろう。

もしかして、どこかの店の偵察かしら？

気にはなったが、赤の他人に無暗《むやみ》に声をかけるわけにはいかない。そのまま通り過ぎて家に入った。

そして「ラーメンちとせ」の開店時間、十一時が近づいた。二三は二階の窓から通りを見下ろした。すると、店の前に十人ほどの行列ができているではないか。

二三は一子を振り返った。

「お姑さん、すごい。もう行列ができてるよ」

一子は感心するのと呆《あき》れるのが半々になったような顔をした。

「みんな、情報通だねえ。どこでキャッチするんだろう」

「今はSNSじゃない。特にラーメン情報は人気あるみたいだから」

あるいは、前に働いていた店のお客さんが来てくれたのかもしれない。

「お姑さん、お昼近くになったら様子見てくる。ご飯、それまで待ってね」

「良いわよ。あわてなくても」

十二時少し前に、二三は「ラーメンちとせ」の店の前に行ってみた。行列は続いていて、数えると十二人いた。そして店の戸口には「スープが終了次第、閉店とさせていただきます」の貼《は》り紙が出ているではないか。

二三は大急ぎで家に戻り、二階に駆け上がった。

「お姑さん、大変。夜食どころじゃないわ。昼で営業終わるかもしれない」

「開店初日だっていうのに、大したもんだねえ」

「ねえ、どうする？　スープがあるうちに並ばないと、食べられないかもしれない」

一子は顔をしかめた。

「あたしは戦後の買い出しでさんざん行列したから、こりごりなのよねえ」

「分るけど、ラーメン屋は回転早いから、そんなに待たないで大丈夫よ。何なら今から私が並ぶから、お姑さん、二階から見て、二番目になったら降りておいでよ」

「悪いわねえ」

一子もそれほど人気のあるラーメンには興味を惹《ひ》かれたらしく、二三の提案を素直に受け入れた。

二三はさっそく階段を下りて通りに出ると、列の最後尾に立った。並んでいる人たちは見かけない顔だ。それはつまり、情報を聞きつけてやってきたラーメンマニアの可能性が高い。

二三は好奇心を抑えかねて、前に立つ若い男性に声をかけた。

「あのう、このお店、本日開店なんですけど、こんなに行列ができてるのは、作ってるのが有名な方なんですか？」

若者は少し得意げに答えた。

「ここの主人は『めんや吟次《ぎんじ》』のスーシェフだった人ですよ。ラーメン界の綾波《あやなみ》レイって呼ばれてるくらいだから、腕はあります」

聞いたことのない名前を出されて面食らったが、千歳の腕がラーメン通の間で高評価を得ていることはよく分った。

そして「めんや吟次」は店は知らないが、カップラーメンで同じ商品名を見た記憶はある。カップ麺になるくらいだから、おそらく有名店なのだろう。

千歳の作るラーメンに対する期待はいやが上にも高まり、同時に急に腹が減ってきた。早く食べたくてたまらない。

二十分ほどで先頭から二番目に来ると、一子が歩いてくるのが見えた。後ろの人にはあらかじめ「すみません。年寄りと二人分で並んでます」と断ってある。

「お姑さん、千歳さん、ラーメン界じゃ有名人らしいよ」

若者から仕入れた情報を告げると、一子は「大したもんだねえ」と繰り返した。

「お待たせしました。お次にお待ちの方、どうぞ！」

暖簾の奥から千歳の張りのある声が飛んだ。運良く二人のお客が同時に席を立ったので、一子と二三は二人で店内に入った。

「すみません、先に食券をお求めください」

千歳がカウンターの中から右手で指し示した。見ると入り口の脇《わき》に食券機と冷水器が置いてある。メニューは「鶏塩ラーメン」の並盛と特盛、そして追加トッピングの「白髪ネギ」「針生姜」「蒸し鶏」のみ。

「お姑さん、とりあえず並で良いね？」

一子は黙って頷くと、冷水器からプラスチックのコップに水を注ぎ、席に置いた。

カウンターに座って厨房の様子を見ていると、ワンオペのシミュレーションを重ねただけのことはあって、千歳の動きは流れるように滑らかで、無駄がなく、まるで舞踊の所作のようにぴたりと決まっている。

煮立った湯を湛《たた》えた大きな鍋には「てぼ」と呼ばれる、麺を茹でるための取っ手のついた金属製のザルがいくつも取り付けられていて、中では麺が躍っていた。極細麺なので二分ほどで茹で上がる。

千歳は迷うことなく、茹《ゆだ》った順番にザルを引き上げ、素早く湯切りしてスープを張った丼《どんぶり》に麺を移し、トッピングを施した。白髪ネギと針生姜と蒸し鶏が二切れ。ラーメンに付き物のメンマとチャーシューではないところに、千歳の神髄があるのかもしれない。

「お待たせしました」

二三と一子の前に湯気の立つラーメン丼が置かれた。スープはわずかに黄みを帯びているが、きれいに澄み切っている。生姜の香りが爽《さわ》やかだった。

レンゲでスープをすくって一口飲み、その滋味豊かな味に驚かされた。

これは、何の出汁？　鶏ガラと昆布、それと……貝？

二三は黙って首をねじり、一子の顔を見た。一子も感嘆したように目を大きく見開き、二三に頷いた。

極細の麺は上品なスープと非常に良く合っていた。つるりと喉越しが良く、スープと絡んでも邪魔にならない。

　蒸し鶏は酒と生姜と共に蒸したらしい。しっとりとした食感で、生姜の香りが鼻に抜ける。塩加減もちょうど良い。白髪ネギと針生姜は蒸し鶏と食べるもよし、麵のアクセントにしても良しで、薬味として大活躍だ。

　何より、この塩味はどうだろう。ただの塩ではこの味は出せない。素材の旨味を引き出しつつ、自身の旨味も存分に放っている。丸みがあって、ほのかに甘味さえ感じられる、この味。

　気が付けば、二三も一子もスープの一滴も残さずに完食していた。二人は同時にため息を吐《つ》いた。

「美味しかった……」

　千歳は注文に応じて調理を続けながらも、二人の様子を見て微笑みを浮かべた。

「ごちそうさまでした」

「お口に合いましたか？」

「もう、最高！　美味しかった」

「七百円じゃもったいないと思いましたよ」

「うちのお客さんにも宣伝しときますね」

　混んでいる店で長居は無用だ。二人は軽く頭を下げて席を立ち、店を出た。行列はまだ続いていた。

店を出て行列の最後尾に目を遣《や》ると、そのさらに先に、一人ぽつんと立っている男の姿が見えた。午前中に「ラーメンちとせ」の前に立っていた男だった。

一体どういうつもりか、二三の胸には疑惑が膨れ上がった。千歳の店の盛況ぶりからすると、やはりライバル店の偵察かもしれない。しかし、それでも行きすぎだ。

「ふみちゃん、どうかした？」

「ううん、何でもない」

二三は進行方向に視線を戻した。ただの暇人か、もの好きの可能性だってあるのに、めったなことは言えない。

「千歳さん、幸先の良いスタートが切れて良かったね」

「ほんと。このまま順調にお店が繁盛すると良いね」

短い会話が終わらないうちに、二人は家に帰りついた。夕方からははじめ食堂の営業が始まる。美味しいラーメンを食べたので、今日も良い仕事が出来るだろう。


「お店、閉まってたわよ」

カウンターの席に着くなり、菊川瑠美は不満そうに口を尖《とが》らせた。

「十一時から十五時まで、四時間限定の営業なんですって」

皐がおしぼりとお通しの小皿を置いて答えた。今日のお通しは里芋とスルメイカの煮物。

「それじゃ、呑んだ後のラーメンってわけにはいかないな」

辰浪康平はおしぼりで手と顔を拭いて言った。

「それ、冥土《めいど》への一本道よ」

「わーってますって」

康平と瑠美が注文したのは芋焼酎《いもじようちゆう》「富乃宝山《とみのほうざん》」のソーダ割。柑橘《かんきつ》のようにフレッシュな香りのする酒だ。

「でもね、なんだかラーメンっていうより、湯麵《タンメン》みたいな感じだった。すごく美味しいんだけど、重くないの」

二三は注文を受けたカブラ蒸しの容器を、湯気の立つ蒸し器に入れて蓋《ふた》をした。今日の二人の注文は、他にカボチャのクリームチーズサラダ、キノコのホイル焼き、椎茸《しいたけ》と厚揚げと豚コマの中華炒め、シメはシラス丼と決まった。

カボチャのクリームチーズサラダは十月の間、ハロウィンにちなんでポテトサラダの代わりにメニューに入れることにした。

「しかし、強気な商売だよな。一日四時間の営業か」

「スープが売切れ次第終了ってことみたいよ。とにかく人気で、行列が絶えなかったから……」

そこで二三は、行列に並んでいた青年の言葉を思い出した。

「なんでも『めんや吟次』のスーシェフ、二番手の料理人だった人なんですって。ラーメン界では人気があるらしいわ」

「めんや吟次？」

康平が何かを思い出そうとするように宙を睨《にら》んだ。

「確か、どっかでマスコミネタになってた気がする。弟子が独立するとかで、ひと騒動あったんじゃなかったかな。聞いてる？」

話を振られた瑠美は首を振った。

「ラーメン好きは圧倒的に男の人が多いですからね」

皐がカボチャのクリームチーズサラダの入った器を運んできて言った。

「そう言えば、俺が昼飯にラーメン食ってた頃も、店に女の人の姿はほとんどなかったな。パスタ屋は女の子がいっぱい来るのに、なぜなんだろう」

「だってラーメン屋さんって、食べ終わったらぐずぐずしないですぐ出なきゃいけない感じするでしょ。女の人って、食事の時はおしゃべりも楽しみたいし」

そして瑠美は、不愉快そうに唇を歪《ゆが》めた。

「私、学生時代に友達と有名なラーメン屋さんに入って、すごい嫌な思いしたことあるの。親父《おやじ》さんがすごい居丈高で、お客さんに怒鳴るのよ。びっくりしたわ。今だったら黙ってないけど、あの頃は怖くて、怒られないように小さくなってた。だから、どんな味だったのか全然覚えてないわ」

「もしかして○○屋でしょ」

「そうそう！」

「俺も同じ。俺じゃないけど、別のお客さんが怒鳴られて、はたで見ててもすごい嫌な感じだった」

それから康平と瑠美は「バブルの頃によくあったイヤミな店」談議で盛り上がった。

二三は康平の言った「めんや吟次」の騒動の内容が気にかかった。


「ざっくり言うと、優秀な弟子が独立しようとしたんで、『めんや吟次』の社長があれこれ妨害したみたいよ。名前使うなとか同じレシピ使うなとか、レシピの盗作で訴訟起こすとか」

その夜、出版社に勤める一人娘の要《かなめ》は、休日出勤していて、閉店時間の九時を過ぎて帰宅した。文芸担当だが、週刊誌の編集部には親しい同僚がいるので、結構事情通である。

「めんや吟次」の騒動について質問すると、すぐに答えてくれた。

「さすがに訴訟は思いとどまったみたいだけどね」

要は缶ビールを呷《あお》ると、カボチャのクリームチーズサラダを頬張った。

「これ、イケるね。定番化したら？」

「ねえ、そこの社長はどうしてそんな大騒ぎしたわけ？　お店である程度修業したら独立するって、普通じゃないの？」

「普通はね。『大勝軒《たいしょうけん》』の引退した社長なんか、大勢の弟子にのれん分けしたくらいだしね。でも『めんや吟次』の社長、前岡《まえおか》って人だけど、あんまり評判良くないのよ。『一将功成りて万骨枯る』っつうの？　弟子の手柄は俺の物、俺の手柄も自分の物……」

要は再びビールで喉を湿した。

「でも、それじゃ弟子はついてこないね」

「お祖母《ばあ》ちゃんの言う通り。だから、優秀な弟子が今まで何人も喧嘩別れしてんのよ」

「そのたびに大騒ぎになってたんですか？」

要は缶ビールをテーブルに置いて、腕を組んだ。

「あのね、どうも最近、前岡社長の腕が鈍《なま》ってきたって噂《うわさ》があるのよ。体調に異変があって、味覚が衰えたんじゃないかって。それで、優秀な弟子に逃げられるのが深刻だったんじゃないかって」

「千歳さん、気の毒にねえ」

一子が呟くと、二三と皐も大きく頷いた。

「『めんや吟次』はダブルスープのこってり系が売りだったんだけど、今年の初めにあっさりした鶏出汁の塩ラーメンを出して、女性客に大人気になったの。そのレシピを考えたのが、二番手を務めてた女性の弟子だったみたい。それを手土産に独立する約束になってたのを反故《ほご》にされて、それから騒動になったのよ。うちの並びに出来たラーメン屋の主人が、その当人ね」

話を聞けば、千歳の店を見張っていた（？）男のことがますます気になる。

「ねえ、その前岡って人が、千歳さんの店に嫌がらせをするとか、営業妨害するとかって、あると思う？」

「それはどうかなあ」

要は首を傾げた。

「やらないと思うよ。だって店の規模が違うもん。向こうは本店の他に支店が四〜五軒あって、それなりに流行《はや》ってるし。独立前ならともかく、もう別の店なんだからさ。下手なことして営業妨害で警察沙汰《ざた》になったら、かえって大損だよ」

そう聞くとひとまず安心だった。一子も一言添えた。

「金持ち喧嘩せずって言うしね」

「ねえ、その店、日曜も営業してるんだよね？」

要は好奇心丸出しで目を輝かせた。

「明日、食べに行こうっと。たまには行列しちゃおうかな」

月曜日の朝、二三は築地場外市場へ買い出しに出かけた。ミニバンを運転して清澄《きよすみ》通りに出ようとして、またしてもあの男の姿を見た。道の隅っこに立ち、じっと「ラーメンちとせ」を見つめている。

やっぱり普通じゃない。千歳さんに教えてあげた方が良いのかもしれない。

それから三十分ほどで必要なものを買いそろえ、佃大通りに戻ってきた。シャッターを開け、買ってきたものを車から降ろして店内に運んでいると、「ラーメンちとせ」の戸口から煙が流れ出しているのに気が付いた。

その時松原団の軽トラックがやってきて「ラーメンちとせ」の前で急停車した。血相を変えた千歳が、転がるように店から走り出た。団は運転席から飛び出し、店に駆け込んだ。千歳も後を追って店に戻ったが、すぐにまた飛び出してきて、二三に叫んだ。

「奥さん、消火器、消火器貸して……！」

二三はすぐさま店に置いてある消火器をつかみ、表に飛び出した。「ラーメンちとせ」の内部では、厨房から煙が大きく上がっていた。床には使用済みの消火器が転がっているが、まだ火は消えていないのだ。その中で、団が毛布のような布を振り回して、火を消そうと奮闘していた。

二三は無我夢中で厨房に駆け込み、消火器の栓をひねって火元に消火剤を一気に浴びせた。やっとのことで火はすべて鎮火した。焦げ臭い匂いが店中に充満している。

ホッとした瞬間、二三は膝ががくがく震え出した。

「奥さん、大丈夫ですか。しっかりしてください」

顔を煤《すす》で黒くした団が、落ち着いた声で言った。

「大丈夫です。松原さんは、けがはない？」

「大丈夫です。それより……」

団はガス台に面した壁を見つめた。真っ黒こげになっている。ここが出火元だろうか。

団は店の入り口を振り返った。千歳が引き戸につかまって、身体を支えるようにして立っていた。

「どうして火が出たんですか？」

「……分らない」

千歳は弱々しく首を振った。

「スープの仕込みをしようと思って、ガス台に寸胴を載せて火をつけました。それからしばらくしたら、急に壁が燃え出して……」

そこから先は涙で声を詰まらせた。

「災難でしたね。でも、とにかく消防に連絡しましょう」

団はいたわるように、優しく言った。

千歳は手の甲で涙をぬぐい、作業着のズボンのポケットからスマートフォンを取り出した。

「二《にの》一《まえ》さん、ご協力ありがとうございました。お陰で大事にならずにすみました。ひとまず、お店に戻られた方が良いですよ」

団は二三にもいたわるような口調で言った。

「こちらこそ、ありがとうございました。必要なことがあったら、何でも言ってくださいね」

二三は団と千歳に頭を下げ、店を出た。はじめ食堂に歩みを進める間も、二三はあの男への疑惑が頭にこびりついて離れなかった。

第二話●笑顔のタンメン

遠くから聞こえるサイレンの音が徐々に近づいて、耳を聾《ろう》するばかりの大きさになって鳴りやんだ。消防車がすぐそばで停止したのだ。

二三《ふみ》はつい仕込みの手を止めて、ガラス戸を開けて首を出し、ラーメンちとせの方を見た。消防車以外に赤いワンボックスカーも停《と》まっていた。近所の住人たちが道路から遠巻きにして見ている。みんな先ほどのボヤ騒ぎを聞きつけたらしい。

「大事にならないで良かったと思ったけど、案外そうでもないみたいだねえ」

味噌汁《みそしる》の味見をしながら、一子《いちこ》が気の毒そうにつぶやいた。

「火は消し止めたのに、やっぱり消防車が来るんだ」

二三は妙なことに感心したが、あの男のことが気になっていた。開業前からラーメンちとせの周辺に出没していた、怪しい人物だ。

「ふみちゃん、まずは仕込みをやっちゃおう。話はそれから」

「はい」

素直に首を引っ込めて持ち場に戻ったが、すぐにもう一度ガラス戸が開いた。

「あら、万里《ばんり》君」

赤目《あかめ》万里は素早く店内に身体《からだ》を滑り込ませた。

「消防車が佃《つくだ》大通りの方へ行ったから、ここじゃないかと思ってひやひやしたよ。良かった、何もなくて」

心配してわざわざ来てくれたのだ。

「ありがと、万里君。心配かけてごめん。うちは全然、ノープロブレム」

皐《さつき》が横から言い添えた。

「でも、二三さん、消火器持って駆けつけて、ボヤを消し止めたのよ」

「ほんと？　おばちゃんすげえ。お手柄じゃん」

二三はまだボヤ騒ぎのショックが抜けきらないのか「まあ、それほどでも」と得意がる気力も出ない。

「万里君、ふみちゃんの代わりに、あの店がどうなってるか見てきてくれない？」

「いいよ」

再び身をひるがえそうとする万里に、皐が声をかけた。

「ついでに消防隊員の動きもじっくり観察してきて。『火災調査官　紅蓮次郎《くれないれんじろう》』が終わっちゃったから、消防鑑識の仕事見る機会なくて」

「へいへい」

万里が出て行くと、二三は皐に尋ねた。

「さっちゃん、消防鑑識って何？」

「出火原因と火元を調べる係です。火災に関しては鑑識も消防署の職員が担当するんですって」

「へえ」

ただし火災調査官という役職は架空のもので、実際は火災調査員という。

「ちなみに、よくテレビドラマに出てくる、殺人現場なんかに臨場する鑑識は現場《げんじょう》鑑識で、交通事故の場合は交通鑑識が出動します。制服の色がちょっと違うんですよ」

「さっちゃん、詳しいのねえ」

「火曜サスペンス劇場の『警視庁鑑識班』とか、鑑識もの好きだったんです。最近は二時間ドラマがなくなっちゃったから、『科捜研の女』を録画してます」

「意外ねえ。さっちゃんみたいな若い人は、二時間ドラマなんか観《み》ないと思ってた。それでなくても若者世代は、テレビ離れが進んでるそうだし」

「人によりけりですよ。私の知り合いの子供は、小学生の時『渡る世間は鬼ばかり』を夢中で観てましたから」

二三も一子も同時に「おやまあ」と呆《あき》れた声を漏《も》らした。しかし、考えてみればそれも道理で、人間には個性がある。一概に年齢や性別でひとくくりにはできない。

十一時半になり、はじめ食堂のランチ営業が始まったが、消防署の鑑識作業は依然として続いているようだ。店に入ってきたお客さんたちも、その話題で持ちきりだった。

「ねえ、この並びのラーメン屋さん、火事になったんだって?」

「幸いボヤで済みましたけどね。うちの二三さん、消火器持って駆けつけたんですよ」

「すごい。おばちゃん、勇気あるね」

「ちょっと煙が出たくらいだから。燃え盛ってたら、さすがに怖くて近づけないけど」

二三は注文の日替わり定食をセットしながら答えた。

今日の日替わり定食は串《くし》カツと鶏《とり》じゃが、焼き魚は文化鯖《さば》、煮魚は赤魚。ワンコインは牛丼《どん》。小鉢二種類は無料が納豆、有料が魚河岸あげのみぞれ煮。味噌汁はエノキと豆腐、漬物は一子手製のカブの糠漬《ぬかづ》け(葉付き)。

魚河岸あげは紀文《きぶん》食品が創作した練り物の一種で、豆腐を使ったソフトな食感が特徴だ。これを大根おろしを加えた煮汁で煮た料理は、ミシュラン一つ星の名店「分《わけ》とく山《やま》」の主人野崎洋光《のざきひろみつ》氏が、魚河岸あげのために考案したメニューである。これが美味《うま》くないわけがない。

この内容にドレッシング三種類かけ放題のサラダが付き、ご飯味噌汁お代わり自由で七百円は、今のご時世では奇跡に近いと、二三は自負している。もちろん、一子も皐も同意見だ。

「でも、どうして火が出たのかしら？　天ぷら屋さんなら油に火が入ってって事もあると思うけど」

ワカイのOLが口にすると、四人で来た仲間の一人が恐ろしそうに眉《まゆ》をひそめた。

「ガス漏れとかじゃない？　前に渋谷で女性用サウナが爆発した事件、あったじゃない」

それは二〇〇七年に発生した天然温泉の爆発事故で、温泉を汲《く》み上げる際に発生したメタンガスが排気されずに充満し、引火して大爆発を起こし、女性従業員三名が死亡、多数の重軽傷者を出した。

「うちの近所にあるラーメン屋さんも、三年くらい前、地下のガス漏れで爆発事故が起きたのよ。幸いお客さんのいない時間帯だったけど、ご主人は二週間くらい入院したんだったわ」

OLたちは「怖いわねえ」と肩をすくめたが、箸《はし》を持つ手は休みなく動いている。

「これ、美味《おい》しいわ」

一人が魚河岸あげのみぞれ煮を一口食べて、目を見張った。

「すごい上品。ザ・関西って感じ」

すると向かいのOLが首を振った。

「うちの旦那《だんな》、京都なんだけど、あっちじゃ食べたことないって。この前おでんに魚河岸あげ入れたら、びっくりしてた」

「あら、普通にスーパーとかで売ってないの?」

「そうみたいよ。『こんなの、初めて』だって」

四人は一斉に笑い声を立てた。

そこへガラス戸を開けて、男性が入ってきた。

「すみません。ご相席で……」

お願いできますかと言おうとして、皐は途中で口をつぐんだ。どうもお客ではないようだ。紺色の制服制帽姿で、テレビドラマに登場する「鑑識」の制服とちょっと似ている。

男性はまず皐に尋ねた。

「すみません。臨港《りんこう》消防署の者ですが、消火活動に協力なさった方というのは?」

「はい。あちらです」

皐はカウンターの中の二三を指し示した。男性は二三に向かって軽く頭を下げてから言った。

「お忙しいところ恐縮です。調査にご協力願いたいんですが、お店が終わったら、少し話を聞かせていただけますか?」

「はい、大丈夫です」

「ええと、二時で良いですか？」

調査員はあらかじめ店の戸に書かれた営業時間を確認していた。二三が「はい」と頷《うなず》くと、「それでは後程伺います」と言って出て行った。

店内のお客さんたちは一斉に二三に注目した。

「おばちゃん、事情聴取されるんだね」

「ドラマみたい」

「怪しい人物を目撃しませんでしたか……なんちゃって」

「それでラストは崖《がけ》っぷちでしょ」

軽く受け流したものの、実は怪しい人物を目撃しているのだ。二三は少し緊張してきた。

一時半を回り、遅いランチタイムのご常連、野田梓《のだあずさ》と三原茂之《みはらしげゆき》がそれぞれ注文の定食を前に箸を取った時、ガラス戸が開いて男女二人連れが入ってきた。

「まあ！」

松原団《まつばらだん》と相良千歳《さがらちとせ》だった。

千歳はわずかの間に目がくぼんで、げっそりやつれていた。どれほどの心労かと思うと、二三は気の毒で胸が痛んだ。

「今やっと、事情聴取が一段落したんで、食事休憩をもらってきました」

団は同情のこもった目で千歳を見やった。

「さあ、どうぞ、お座りください」

皐が空いているテーブルの椅子《いす》を引いた。

「千歳さん、本当に災難でしたね。松原さんもお疲れでしょう」

一子がカウンターの中から声をかけた。

「心ばかりですが、店からの火事見舞いです。お二人とも、何でもお好きなもの、召し上がってください」

「ありがとうございます」

団は一子に目礼すると、千歳に向き直った。

「相良さん、ここはお言葉に甘えましょう」

千歳は素直に頷いて、一子にお辞儀してから席についた。しかし、目はうつろで焦点が定まっていない。食事どころではないのだろう。

「僕、鶏じゃが下さい。食べたことないんで」

団はすぐさま注文を告げると、気を利かせて千歳に尋ねた。

「相良さんは肉系と魚系、どっちにしますか？」

「……私、魚で。ええと、煮魚定食下さい」

注文を決めると、千歳はゆっくりお茶を飲んだ。

「ふみちゃん、みぞれ煮、美味しいね」

「でしょ。何しろ分とく山の野﨑シェフのレシピだから」

「魚河岸あげと言えばおでん種って思ってたけど、一品料理もいけるわ」

するとと三原がのんびりした口調で訊《き》いた。

「そう言えば、お宅はおでんはやらないんですか？」

三原も梓も千歳がボヤ騒ぎの当人であることは察していたが、あえてその話題は口にしない。

「そう言えばやってないね、お姑《かあ》さん」

話を振られた一子は、少し首を傾《かし》げた。

「そうねえ。どうしてかしら。おでんは茶飯が付きものなんで、それでやらなかったのかしらねえ」

「それに、なんとなく酒のつまみって感じがするし」

「あら、ランチやってるおでん屋さん、あるわよ」

梓の言葉に、二三も記憶を手繰り寄せた。

「あった。でも、ご飯は茶飯よね？」

「……どうだったかしら。あ、でも、静岡おでんの店は白いご飯よ。前に『孤独のグルメ』で観たわ」

話しながらも二三と一子は手を休めず、二人分の定食セットを調えた。

「はい、お待ちどおさまでした」

テーブルに湯気の立つ料理が置かれると、千歳の目に少し生気が戻ってきた。

「こりゃ美味そうだ。いただきます！」

団は箸を割ると、まず味噌汁をすすった。それから鶏じゃがをつまみ、ご飯を頬張《ほおば》った。

団の豪快な食べっぷりにつられたかのように、千歳も徐々に箸を動かし、料理を口に運んでいった。

「ねえ、二三さん、一子さん、冬になったら一度、ランチでおでんやってみません？」

皐が二人の顔を交互に見て言った。

「おでんって、練り物食べすぎなければ、ダイエットフードなんですよ。大根、こんにゃく、昆布、卵でしょ」

「あ、そうか」

二三は初めて気が付いて、急に興味をそそられた。

「ダイエット志向の女性には受けるわね。他のお客さんにも、茶飯か白いご飯か、好きな方を選んでもらって、余ったら夜のメニューで使う……」

雑炊、焼きおにぎり、混ぜご飯。使い道は色々ある。無駄にはならないはずだ。

「おでんはやっぱり大根ですよ」

団の言葉に、一同は微笑《ほほえ》んだ。千歳まで少し頬を緩めた。

その時、ガラリと戸が開いて、万里が入ってきた。

「おばちゃん、偵察してきたよ。火事場の調査って大変な仕事だよな。俺《おれ》、あんな真似《まね》絶対できない……」

二三はあわてて「シー！」のポーズをしたが、間に合わなかった。

一同の様子に気が付いた万里は、改めて店の中を見回し、千歳の姿を目にして「しまった！」という顔になり、神妙に詫《わ》びを述べた。

「あの、すみません。この度はご災難で……」

千歳は冷静な口調で応《こた》えた。

「どうぞ、気になさらないでください。こちらこそ皆さんにご迷惑をかけて、心苦しいです」

万里はホッとした顔で、空いている席に腰を下ろした。

「俺、生姜焼き定食ね！」

二三はそっと千歳の様子を窺《うかが》ったが、定食をあらかた平らげて少し人心地が付いたのだろうか、もう途方に暮れたような弱々しさはなく、落ち着いて見えた。げっそりと憔悴《しょうすい》していた顔つきも、いくらか回復している。

「消防署の人、あとでうちにも事情聴取に来るらしいわ」

二三はカウンターから出て、万里にほうじ茶を運ぶと、千歳の方へ向き直った。

「それでね、その前に一つ確かめておきたいんですけど、私、千歳さんの店の前をうろうろしてる男を見たんです。開店初日の朝から。それから、今日も買い出しに行く時、佃大通りにいるのを見かけました。もしかしたら他の日も来ていたのかもしれない」

千歳の肩のあたりが緊張でこわばった。

「心当たりありますか？　年は三十くらい。やせ形で、ちょっと気の弱そうな感じで、イケメンの部類」

千歳はゆっくりと頷いた。

「多分、沖田昌磨《おきたしょうま》という人だと思います。『めんや吟次《ぎんじ》』の元同僚です。入店したのは向こうが半年早かったんですけど……」

千歳は言いよどんで一度言葉を切ったが、すぐに思い直したように先を続けた。

「結婚して、二人で店を持とうって話し合ったことがあります。私が『めんや吟次』を解雇された時に、別れましたけど」

二三は思い切ってズバリと訊いた。

「その人、社長に頼まれてあなたの店をスパイしに来たんでしょうか？」

「分りません」

千歳はきっぱりと言い切った。

「沖田も『めんや吟次』も、もう私とは関係ありません。だから、今更どういう理由でやってきたのか、見当もつきません」

「その方、千歳さんに連絡を取ろうとはしてこないんですか?」

「電話やメールは、よくありました。でも私、着信拒否してるし、メールもLINEもブロックしてます。今は完全に音信不通です」

千歳はさばさばした口調で言った。もう完全に過去と割り切っている顔だ。

しかし、男の方はきっと千歳に未練があるのだろう。別れた後も女々しく相手に付きまとうのは、たいてい男の方だ。

二三は若い頃《ころ》、演歌に登場するヒロインが、ことごとく別れた男を忘れられずに涙に暮れているのが不思議でならなかったが、演歌の作詞家の多くが男性だと知って、腑《ふ》に落ちた。

「あなたの口からは言い難《にく》いと思うけど、その人が逆恨みして、店に放火した可能性はありませんか?」

「まさか!」

千歳は夢にも思っていないようで、大きく首を振った。

「そんなことのできる人じゃありません。それに、火が出たのは私の見ている前なんです。帰る時はちゃんと鍵《かぎ》をかけてシャッターを下ろしてますし、今朝も異常ありませんでした。

無理に鍵をこじ開けられたら、分ると思うし」

　万里が恐る恐るという感じで口を出した。

「あのう、自動発火装置を仕掛けられた可能性って、ありません？」

　千歳はあんぐりと口を開けた。あまりにも現実とかけ離れたことを言われて、呆れて二の句が継げないといった顔だ。

「万里君、そういうのは消防の鑑識が調べれば、ちゃんと分るから」

　皐が取りなすように言った。

　すると、今度は団が不審そうな顔をした。

「でも、不思議ですね。何の仕掛けもなくて、どうして急に壁が燃え出したんだろう？」

「……分らないんです。私はいつものように、普通にスープの仕込みをしていただけなのに」

　千歳は唇をかんだ。

「まあ、出火原因の解明は消防署の人に任せましょう。素人がいくら考えたって、分らないんだから」

　一子は焼き上がった豚肉を皿に盛りつけた。醤油《しょうゆ》の焦げる匂《にお》いが店に漂い、二三は猛烈に腹が減ってきた。

「お姑さん、さっちゃん、少し早いけど、私たちも賄い食べましょう。もうすぐ消防署の人が来ちゃうから」

事情聴取にやってきた消防署の火災調査員は、丁寧にメモを取りながら二三に話を聞いた。

「それで、買い出しから帰って、荷物を車から降ろしている時に、あの店から煙が漏れてくるのに気が付いたわけですね？」

二三は神妙に頷いた。

「煙が出ているので、何だろうと思ってラーメンちとせの方を見たら、ちょうど松原青果さんの車がやってきて、店の前で急停止して、松原さんは店に駆け込んでいきました。その後、すぐに千歳さんが表に飛び出してきて、こっちに向かって『消火器貸して』って叫んで……」

数時間前に体験したボヤ事件は、鮮明に記憶に残っている。二三は苦労せずにテキパキと質問に答えた。

「そのほか、出火する前でも後でも結構ですが、何か気になる点はありませんか？　例えばその日、普段と違う何かを見たとか？」

「はい。実は……」

二三は待ってましたとばかりに、自分が目撃した沖田昌磨と思《おぼ》しき男のことを話した。

ついでに千歳から聞いた二人の過去についても。

「出火原因が分らないのに、人を疑うようなことを言うのは、正直気が咎《とが》めます。でも、出火前にその人があの店の近くにいたことは事実なので、それだけは申し上げておきます」

火災調査員の目が、一瞬きらりと光ったように見えた。

「分りました。ご協力、ありがとうございました」

調査員は礼を述べて、店を出て行った。


「いやあ、大変だったなあ」

その日の午後営業の口開けのお客は、鮮魚店魚政《うおまさ》の大旦那、山手《やまて》政夫《まさお》だった。魚政もラーメンちとせと同じく佃大通りに店を構えているので、他人事《ひとごと》ではない。店を開けている時間に消防車やパトカーが路上駐車していては、商売の邪魔になる。

山手はおしぼりで顔を拭《ふ》き、生ビールの小ジョッキを注文した。

「でも、ボヤで済んだんだから、良かったじゃない」

「あたりめえよ。今までこの通りで、火事出した店なんか一軒もねえんだ。前の鳥千《とりせん》は焼き鳥屋だぜ。毎日焼き物やってても、四十年この方、火の不始末なんざ一度もねえ。それに引き換え、ラーメン屋でボヤ出すってのは了見が悪いや」

山手は一気に言うと、皐の運んだ小ジョッキを取り、うまそうに喉《のど》を鳴らして三口ほど飲んだ。

「ふうっ」

大きく息を吐き、上唇についた泡を手の甲で拭《ぬぐ》うと、お通しの魚河岸あげのみぞれ煮に箸を伸ばした。

「こりゃ、乙だな」

「でしょ。今日の有料小鉢。評判良かったのよ」

二三はカウンターの中から山手の方に首を伸ばした。

「おじさん、里芋の唐揚げ食べない？　ちょっと甘辛に煮てから揚げるの。美味しいわよ」

それに柔らかくて食べやすい。

「ああ、美味そうだ」

「秋はキノコの季節だから、椎茸《しいたけ》のオムレツなんてどう？」

「俺はオムレツを断ったことなんざ、一度もねえ」

山手は得意そうに胸を張った。三代続いた鮮魚店の大旦那だが、一番好きな食べ物は卵なのだ。

「じゃ、ちょっと待っててね」

二三は料理にとりかかったが、頭の片隅では先ほどの山手の言葉が気にかかっていた。山手は同じ商店主として、近所でボヤを出した千歳を快く思っていないようだ。個人的な面識もないから、無理もない。二三だって千歳の人柄に触れたことがなかったら、「近所でボヤを出してしまった迷惑な店」という感情しか持てないかもしれない。

　すると、重大なことに思い至った。

　家主である串田保《くしだたもつ》と妻のひな子は、今度の一件を聞いてどんな感情を抱くだろう？

「こんばんは……と、おじさん、久しぶり」

　そこへ辰浪康平《たつなみこうへい》が入ってきた。今日は菊川瑠美《きくかわるみ》と一緒ではなく、一人だ。

「おう、康平。元気か」

「まあまあ。おじさんは？」

「来月パーティーだ。今度はパソドブレに挑戦する。見に来いよ」

「やだよ」

「パソ用に衣装も新調した。目の保養になるぜ」

「やめてよ。この前おじさんの踊る姿見て、何日も夢に出てきてうなされたんだから」

　山手は社交ダンス教室に通っていて、教室主催のダンスパーティーでは、ラテン部門のダンスを披露する。二三たちもＤＶＤを何枚ももらったので、フリフリの衣装で身をくねらせる山手の姿を知っている。一度ダンスパーティーを観に行ったこともあった。

康平は生ビールの小ジョッキを片手に、メニューを眺めた。

「康平さん、里芋の唐揚げと椎茸のオムレツ食べない？」

「いいよ。それと、青梗菜《チンゲンサイ》の中華炒《いた》め。シメは……」

康平の視線がメニューの上をさまよった。

「シラスと大葉の変わったおにぎり、食べてみる？」

一子がカウンターの隅から声をかけた。

「天かすを入れてちょっとゴマ油風味で。要《かなめ》がお蕎麦《そば》屋さんで食べて、美味しかったって言うから」

「もらう、もらう。ちょっとボリューミーで、今日のシメにはちょうど良いや」

すると山手も食欲を刺激されたようだ。

「いっちゃん、俺もシメにそれ一つ、握ってくれ」

「はい。ありがとうございます」

砂糖と酒、醬油、出汁《だし》で含め煮にした里芋を、さっと唐揚げする料理は、外側のカリッとした食感と中のねっとりした食感に、煮含められた芋の味が三位一体となって、酒の肴《さかな》にぴったりだ。

最近はあちこちの店で出すようになったが、二三が初めて食べたのは十年くらい前になる。今は閉店した銀座の小料理屋で食べて、はじめ食堂でも出すようになった。

「芋の煮っころがしが、揚げるだけで一段も二段も高級になるから不思議だよな」

山手は里芋を一口齧《かじ》り、不思議そうに眺めた。

「おじさん、このひと手間がなんとやらだよ。昔CMでやってたじゃん」

康平の茶々に、二三は「あれは確かサッポロ一番のCMだった……」と思い出した。そのCMを見た時、「ラーメン会社も大変だなあ」と思ったものだ。インスタントラーメンを食べるのは、普通に考えれば手間をかけたくないからなのに。

椎茸のオムレツにも色々なレシピがあるが、二三は一番シンプルな作り方にした。スライスした椎茸をバターで炒め、塩胡椒《こしょう》して容器に取る。生卵をボウルに割り入れたら生クリームを加えて攪拌《かくはん》し、フライパンで半熟にまで加熱したら、炒めた椎茸とスライスチーズを載せ、オムレツに成型する。

二三は卵のふんわりした食感に、硬い具材は合わないと思っている。その点、炒めた椎茸のつるりとした舌触りは、卵と相性が良い。バターの風味、椎茸の旨味《うまみ》、とろけたチーズの豊潤さがふわりとした卵の外套《がいとう》をまとい、オムレツ界有数のスターが誕生するのだ。

「おばちゃん、日本酒。醸《かも》し人《びとく》九平次《へいじ》の雄町《おまち》50あるでしょ。冷《ひや》で二合。グラス二つね」

早速康平が注文した。雄町とは酒米の銘柄で、康平の説明によれば山田錦《やまだにしき》の親に当たるそうだ。

「おじさん、一杯どう?」

康平は山手の前にグラスを置き、デカンタを傾けた。

「こりゃ、どんな酒だ？」

「醸し人九平次の中でも、女帝級のリッチでゴージャスな酒。オリーブオイルやバターを使った洋風料理と合うんだよ。このオムレツにぴったんこ」

山手は勧められるまま、グラスを口元へ運んだ。

「なるほど。味わい深いのに重くねえ。呑《の》んだ後口が軽いな」

山手はグラスの酒を口に含み、ゆっくりと飲み下した。

二三はシメのおにぎりの材料を調理台に並べた。釜《かま》揚《あ》げシラスと大葉、天かす、麺《めん》つゆ。天かすは油のコクをプラスして、麺つゆとは相性抜群だ。シラスと大葉だけのおにぎりもさっぱりして美味しいが、たまにはこんな変化球も楽しい。

「そういえば、新しく出来たあのラーメン屋、いつから店開けるの？」

康平は何げなく尋ねたが、二三たちは何も知らない。

「さあ……。お店の修理が終わってからじゃないかしら」

「大変だな。まだ資材が色々不足してるみたいだから、工期も延びるんじゃないの」

ロシアがウクライナに攻め入って以来、部品の輸入が滞るようになった。石油と半導体が滞ると、あらゆる産業に影響が出るらしく、自動車会社は新車の納品を一時ストップし、資材が調達できなくて、新築中の住宅にバス・トイレが作れないと聞いたこともある。

「せっかく独立してお店を開いたっていうのに」

開店早々とんでもない災難に見舞われた千歳が、二三は気の毒でならなかった。はじめ食堂は昭和四十年の開店以来、地震・台風・火事などの災害を免れてきたが、一つ間違えばどうなっていたか分らない。どれほど注意していても、隣家が火事になって類焼することだってありうる。

「本当に、災難はどこに転がってるか分らないわね」

二三は誰《だれ》にともなく独《ひと》り言《ご》ちた。すると以前一子が言った「災難は天から降ってくる」という言葉が耳によみがえった。

その次に「だから防ぐことも免れることもできない。そして決して自分のせいじゃない。だからくよくよ後悔して自分を責めてはいけない。起こってしまったことは仕方ないと割り切って、前を向いて歩いてゆくしかない」と続いたはずだ。

その通りだと、二三は改めて思った。千歳はさぞ辛《つら》いだろうが、ここはひとつ割り切って、前へ進むしかない。

何か、千歳さんのためにできることはないだろうか？

二三は自分の心に問いかけ、思わず一子の顔を見た。一子は二三の視線を受け止めて、その思いを察したように、しっかりと頷いた。

翌朝、二三が開店準備のために食堂に入り、入り口の戸を開けて通りに出ると、千歳が自分の店に向かうところだった。

「おはようございます」

声をかけると、小走りに近づいてきて、二三の前で深々と頭を下げた。

「昨日は本当にありがとうございました。すっかり混乱していて、ろくにお礼も言わないで、すみません」

「良いのよ。それどころじゃないんだから、気にしないで」

二三は千歳を押しとどめるように両手を伸ばした。

「それでね、お店だけど、いつ頃再開するか見当はついてる？」

「それが……なるべく早くと思っているんですが、工務店さんからまだ返事がなくて」

「今は色々と資材が不足しているみたいね」

二三は同情のこもった口調で言った。

「でも、お宅のラーメンは大人気だから、お客さんはみんな待っててくれるわよ」

すると、千歳の顔に困惑が広がり、表情が翳《かげ》った。

「あのう、今日の午後、串田さんがいらっしゃるんです。私、昨日、ボヤのこと電話で話したんですが……」

串田は家主として店の現状を確認し、これからの賃貸契約についても話し合いたいのだろう。

「串田さん、すごく怒ってて……。もちろん、当然かもしれないけど」

電話でのやり取りがどんな様子だったかは、千歳のすっかり萎縮《いしゅく》した様子を見れば明らかだった。

「何時にいらっしゃるの？」

「三時です」

二三は瞬時に心を決めた。

「それじゃ、二人ともうちへいらっしゃいよ。ちょうど休憩時間でお客さんはいないし」

「あの、それじゃ、お宅にご迷惑が……」

千歳は一瞬救われたような眼《め》をしたが、すぐに遠慮が頭をもたげたようだ。

「遠慮してる場合じゃないわよ。お宅はまだ片付けも済んでないんだから、ゆっくり話も出来ないでしょ。うちなら椅子とテーブルがあるし、お茶くらい出すわよ」

二三はさばさばした口調で言って、力づけるように微笑んだ。はじめ食堂で他人の目があれば、串田も多少は冷静に話ができるのではないか……それが二三の目論見《もくろみ》だった。

「すみません。お言葉に甘えます」

千歳は安堵《あんど》の表情を浮かべ、もう一度深々と頭を下げた。

二三は店に引き返すと、二階から降りてきた一子に千歳の件を報告した。

「よく気が付いたね、ふみちゃん。いくらしっかりしていても、千歳さんは若い女の子だからね。大の男にねじ込まれたら、やっぱり怖いわよ」

一子の答えは予想通りだったが、二三は改めて一子を頼もしく思う。大先輩であると同時に、気持ちの通い合う同士でもある。

出勤してきた皐にも、一応内容を伝えた。その時間は昼休みで外出しているが、店の情報は全員で共有するのが鉄則だ。

すると皐は、きっぱりと言った。

「それじゃ、私も店に残ります」

「あら、さっちゃん、良いわよ。別にお客さんじゃないんだから、こっちもお構いしないし」

しかし、皐は断固たる表情で首を振った。

「駄目です。もし串田さんが興奮して実力行使に出たら、私じゃないと止められないですよ」

「まさか……」

二三はそう言いかけて口を閉じた。いや、人間、誰しも過ちはある。日頃大人しい人でも、興奮して我を忘れることがない、とは言い切れない。

皐は性同一性障害で、女性の心を持ちながら男として生を享《う》けた。今は見た目は美女だが、小学生の頃からサッカー選手として活躍した実績があり、運動能力は並の男より優れている。後期高齢者の串田なら、制するのは造作もないだろう。

「さっちゃん、お願いするわ」

と、一子が穏やかに言った。

「二人より三人に見られている方が、串田さんも言動に気を付けると思うのよ。ね、ふみちゃん。そうしてもらいましょう」

「そうよね。さっちゃん、その時はよろしく」

二三もほっと胸をなでおろした。


その日のランチ営業も終わり、三人が賄いを食べ終わった頃合いで、遠慮がちに入り口の戸が開いて、千歳が顔を覗《のぞ》かせた。

「あのう、ちょっと早いんですけど、よろしいですか?」

時刻は二時半前だ。かなり早い。

「良いですよ。どうぞ、空いたお席におかけください」

二三は愛想よく言ってテーブル席を指し示した。

千歳に続いて、串田が店に入ってきた。

「皆さん、お邪魔します。ご迷惑をかけてすみません」

串田は二三たちに向かって神妙に頭を下げてから、アマンドの箱を差し出した。中身はきっとシュークリームだろう。

「こちらこそ、お気遣いいただいてかえって恐縮です。なにもお構いしませんから、どうぞご遠慮なく」

一子が代表してアマンドを受け取った。

皐がテーブルに着いた二人にお茶を出すと、はじめ食堂の三人は厨房《ちゅうぼう》に引っ込んで後片付けを始めた。

それを待っていたかのように、押し黙っていた串田が口を切った。

「もう一度聞くけど、どうして火が出たんだい？」

「……分りません」

「分らないってことないだろう。現に、あんたの目の前で出火してるんだから」

「あんた」という言い方で、串田が千歳をどう思っているのかが分る。

「消防の方にも何度もお話ししました。私はいつも通りに店に来て、スープの仕込みに入りました。寸胴に水と鶏ガラを入れてガス台に載せて、点火しました。それから私は別の作業を始めました。そしたらしばらくして……鍋《なべ》がまだ沸騰する前です、いきなり壁から火が出たんです」

「そんな理屈に合わない話、信じろったって無理だよ。SF映画じゃあるまいし」

「でも、本当のことなんです」

片付け物をしながら漏れ聞いていると、二人の会話は堂々巡りで、一向に進展しない。千歳は自分の体験を話しているのだが、串田にはそれが信じられないのだ。

やがて、焦《じ》れたように串田が言った。

「もう分ったよ。それじゃ、あんたとの契約は今月限りにさせてもらう」

「そんな……待ってください」

千歳の声はショックで震えていた。

「だって仕方がないだろう。例えばガスの元栓を閉め忘れたとか、引火しやすい物を火のそばに置いたとか、原因がはっきり分ってるんなら、今度から気を付ければ良いさ。だが、どうして火が出たか分んないって言うんじゃ、気を付けようがない。これから先もまた火が出るかもしれないじゃないか」

串田の言っていることは、確かに一理あった。

「俺だって鬼じゃないんだ。あんたのことは気の毒だと思うよ。だが、俺はこの店を倅《せがれ》に残しといてやりたい。どう使うかは奴《やつ》の勝手だが、俺が十八の年から働いて手に入れた、たった一つの財産だ。灰にされたら困るんだよ」

千歳は力なくうなだれていた。それを見る串田は、苦虫を噛《か》み潰《つぶ》したような顔で腕組みをしている。

千歳が返答を口にする前に、一子がおもむろに口を開いた。

「串田さん、大事なことを決めるのは、消防署の調査結果が出てからで良いんじゃありませんか？」

串田は一子の方を振り向いた。

「人様のことに口をはさんでごめんなさいね。ただ、今は科学が発達してるから、火事の原因を突き止めるのもそんなに時間はかからないと思うんですよ。ね、さっちゃん？」

二時間ドラマで仕入れた豊富な知識を持つ皐は、一子の言葉を受けて自信たっぷりに頷いた。

「はい。失火か放火か、火元はどこか、出火原因は何か、科学捜査の目はごまかせません」

一子は串田に目を戻し、ほんの少し窘《たしな》めるような口調で続けた。

「調査の結果、千歳さんに全く責任がないと分ったら、串田さんだって寝覚めが悪いんじゃありませんか？」

「だけど、そんな……」

「うちもお宅も築五十年以上で、かなりくたびれてますよ。配線、配管も老朽化してるし。漏電その他、自然に火の出る危険もあるんじゃないですか」

串田は言葉を飲み込んで、考える顔になった。一子の指摘は的を射ていて、串田も思い当たる節があったらしい。

「分りましたよ」

串田は小さく溜息《ためいき》を漏らし、腕組みを解いた。

「これまでも奥さんの忠告には助けられた。今度も、奥さんがそう言うなら、もうちょっと待ってみます」

「それは畏《おそ》れ入ります」

一子は優しい目で千歳と串田を見て微笑んだ。

「じゃあ、私はこれで失礼します。お邪魔しました」

串田は立ち上がり、一子の方に向かって頭を下げると、店を出た。

「ありがとうございました」

千歳も立ち上がって頭を下げた。

「今日はこれからどうなさるの？」

「夕方まで店を片付けて帰ります。あ、お夕飯はこちらに伺いますね。お昼、カップ麺だったから、少し美味しいもの食べたい」

千歳は無理に微笑んだが、瞳《ひとみ》には憂いが残っていた。

「一子さんには説得していただきましたけど、でも、串田さんの気持ちは変らないように思います」

そして悲しそうに目を伏せた。

「大事な店から火を出されたんです。そんな店子《たなこ》にこれ以上貸したくないと思うのは当然です。たとえ出火原因がはっきりしても、私に対する悪感情は消えません。人間は感情の生き物だから、ケチのついた店子には出て行ってほしいと思うはずです」

千歳はすっかり弱気になっていた。

「そう決めつけたもんじゃありませんよ」

一子は励ますように言った。

「串田さん、自分で言ってたでしょう。鬼じゃないんだからって。千歳さんに責任がないことが分れば、キツイこと言ったのを反省すると思うけど」

「……そういう調査結果が出ればいいんですけど」

二三は千歳の気分を変えようと、別の事を尋ねた。

「それより店が片付いたら、改修工事が終わるまでの間はどうするの?」

まだそこまでは考えていなかったようで、答えるまでに少し間があった。

「そう……短期のバイトでもしようかな」

「それじゃ、うちでバイトしない?」

千歳は驚いて目を見開いた。

「実はね、うちも日替わりランチでラーメン出したいって思ってるの。でも、本格的なのは無理だから、お手軽なやつね」

　二三は一子と皐を交互に見た。二人とも千歳のバイトの件は初めて聞かされたのだが、存外乗り気になっている。

「それで、プロのあなたに、お手軽で美味しいラーメンの作り方を教えてもらえたらと思って。お宅の店と競合しないラーメンなら、ライバルにはならないでしょ。むしろ相乗効果で、佃大通りにお客さんが増えるかもしれないし」

　千歳の顔が初めて明るく輝いた。

「ほんとに、良いんですか？」

「もちろんです。私たち、ラーメンは完全素人だから、よろしくお願いします」

「こちらこそ！」

　千歳は勢い良く一礼すると、嬉《うれ》しそうに言った。

「私、こちらのランチにふさわしいラーメン、考えます。毎日食べても飽きのこない、美味しくてヘルシーなラーメン！」

　千歳が帰ってから、二三は一子と皐に手を合せた。

「ごめんね、事後承諾で」

「あら、良いアイデアだと思うわ。ふみちゃんが言わなかったら、あたしが代わりに言おうと思ってたの」

「ほんと、仲良いんだから」

皐は二人の顔を見て、外国人のように肩をすくめて両手を挙げた。

「でも、私も大賛成です。ラーメンちとせと競合しない、美味しくてヘルシーで飽きのこないラーメンのレシピが出来たら、最高ですよ。はじめ食堂のキャパがどんどん広がる」

三人とも、思いは同じだ。他の店を蹴落《けお》とすのではなく、他の店とも手を携えて、共に発展してゆくはじめ食堂でありたい、と。


「こんばんは」

その日の午後営業の開店早々、千歳が入ってきた。

「テーブル、良いですか?」

「どうぞ、どうぞ。どこでもお好きなお席に」

千歳は四人掛けのテーブル席に着くと、椅子に座って大きく伸びをした。

「お疲れさま」

皐がおしぼりとお通しを運んで声をかけた。今日のお通しはカボチャの温かいクリームスープ。そろそろ温かい料理が恋しくなる季節になった。

「お店の片付け、いつまでかかりそうですか?」

「今日で何とか。後は業者さんに任せるしかないので」

千歳はクリームスープをすすって目を細めた。

「美味しい……」

カップを置いて飲み物のメニューに目を落とすと、驚いたように声を上げた。

「まあ、このお店、スパークリングワインがあるの？」

「酒屋さんが日替わりで持ってきてくれるんです。女性に人気なんですよ」

「私もグラスで」

「今日はチリのスパークリングワインで、エスパス・オブ・リマリ・ブリュットです。すっきり辛口で、お料理と合いますよ」

康平からの受け売りの説明は、お客さんの受けが良い。

「ええと、里芋の唐揚げとカブラ蒸し、椎茸のオムレツ下さい」

千歳は迷うことなく料理を注文した。

「私、外食するときは中華じゃない料理を選ぶの。それが結構勉強になったりするのよ」

年齢が近いので、皐とは友達感覚で話が弾む。スパークリングワインのグラスが運ばれてくると、一口飲んで溜息を吐《つ》いた。

「ああ、ぜいたくな気分」

と、入り口の戸が開いて新しいお客さんが入ってきた。

「いらっしゃ……」

言いかけて、二三はカウンターの中でハッと息を呑んだ。千歳の店の周りをうろついていたあの男、沖田昌磨だった。

沖田は当然のように千歳の向かいの席に腰を下ろした。千歳は肩を怒《いか》らせ、顔をこわばらせている。

沖田は店にいる他の人間など目に入らない様子で、食い入るように千歳だけを見つめ、悲痛な声で訴えた。

「俺と一緒に、社長のとこに戻ろう。もう一度二人でやり直そう」

「バカ言わないで」

吐き捨てるような口調だった。

「じゃあ、これからどうするつもりだ。店だってこんなことになって、閉めなきゃならないだろう」

「あなたに関係ないわ」

「俺は本気だ。もう一度やり直してくれ」

「絶対無理。私も本気だから」

千歳は残っていたエスパス・オブ・リマリを一気に飲み干すと、グラスを置いた。

「なあ、分ってくれ。俺だってお前をかばいたい気持ちは山々だった。しかし、俺まで社長ににらまれて店をたたき出されたら、二人ともお終《しま》いじゃないか」

「勝手なこと言わないでよ！」

千歳は眉を吊《つ》り上げて沖田を睨《にら》みつけ、皐に向かってグラスを挙げ「お代わり下さい」と注文した。

「私は全社員の前で、社長にレシピ盗用のぬれぎぬを着せられて糾弾されたのよ。私のレシピを盗んだのは社長の方だって、みんな知ってた。それなのに、あなたは私をかばってくれなかった。私のために一言も弁明してくれなかった。そんな人に愛だのなんだの言われて、信じられるわけないでしょう」

スパークリングワインのお代わりが運ばれると、千歳はまた一気に半分ほど飲んだ。

「私は完全にあなたに愛想が尽きた。私の前から消えて。もう二度と現れないで」

沖田は髪の毛をかきむしり、テーブルに両肘《ひじ》をついて上目遣いに千歳を見上げた。その動作は芝居がかっていて、二三には鼻持ちならなかった。

「じゃあ、どうすれば良かったんだ？　社長に楯突《たてつ》いて業界から干されればよかったのか？」

「私は独立して一人でやっていくことにした。あなたはこれまで『めんや吟次』で修業してきたくせに、それだけの勇気もないの？」

「俺はお前みたいに強くないんだよ。お前みたいにはなれないんだ。それでも、俺はお前が好きなんだよ」

沖田は涙で目を潤ませて、千歳を見つめた。千歳の方はうんざりした顔で目の前の男を眺めている。毛筋ほどの未練も残っていないのは明らかだった。

「千歳さん、早めに別れて賢明でしたね」

店の中に、一子の凜《りん》とした声が響いた。

沖田はびっくりして声の主の方に顔を向けた。

一子はカウンターの外で、背筋を伸ばして立っていた。その眼はまっすぐ沖田に向けられている。

「人には持って生まれた器量というものがありますからね。背伸びするとろくなことはありません。腰抜けが豪傑を気取っても、怪我《けが》をするだけです」

沖田は口をポカンと半開きにしたまま、黙って座っている。一子の毅然《きぜん》とした態度と辛《しん》辣《らつ》な視線に気圧《けお》されて、頭も身体もしびれてしまったかのようだ。

「でもね、腰抜けには腰抜けの愛しようというのがありますよ。社長にぬれぎぬを着せられて大勢の前でつるし上げられた千歳さんを前にして、あなたは何をしたんですか？」

沖田の答を待たずに、一子は厳しい声で先を続けた。

「きっと何もしなかったんでしょう」

確認するように千歳を見ると、千歳ははっきりと頷いた。

「千歳さんをかばって戦えとは言いません。でもどうして、千歳さんを抱きしめて、一緒に泣いてあげなかったんですか？　愛する人のために泣いてやることもできない人に、愛があるとは思えません。そこにあるのは愛ではなくて、執着と独占欲です」

「その通りです！」

千歳が椅子から腰を浮かせて叫んだ。

二三も皐も、思わず「そうだ！」と叫びたい気持ちだった。

千歳は改めて沖田と向き合うと、敢然と言い放った。

「私が言いたいことは、一子さんが全部言ってくれたわ。そういうわけだから、もう二度と現れないで。私の前から消えて」

沖田は一言も口にせず、のろのろと椅子から立ち上がり、店を出て行った。

「ああ、清々した」

千歳はさっぱりした顔になった。

「お待ちどおさま。椎茸のオムレツです」

二三がカウンターから声をかけると、皐がすぐにテーブルに持って行った。

「ああ、もうお腹《なか》ぺこぺこ」

千歳は嬉しそうに箸を取り、皐に言った。

「すみません。お水下さい。ピッチ上げすぎちゃった」

翌朝、開店前のはじめ食堂に千歳が駆け込んできた。

「消防署から連絡が来ました！　出火原因が分ったんです！」

二三も一子も皐も、驚いて仕込みの手を止めた。

「伝導過熱ですって！　詳しいことはランチタイムの後で説明に来ます！」

千歳は小走りに店を出て行った。その弾むような足取りに、喜びがあふれていた。

後に千歳から聞いた話によると、伝導過熱とは、ステンレスなどの不燃材を通して、その奥の木製の壁の内側に熱が蓄積され炭化し、ついには発火する現象だという。

千歳の店の場合、鳥千時代に長年焼き鳥を焼く熱に晒《さら》されていた壁の内側が炭化していて、ラーメンちとせが開店した時点で発火した。つまり、原因は鳥千の頃に積み上げられ、千歳はいわばとばっちりをくらった形だった。

それを聞いて二三は思い出した。

二〇一七年八月某日、築地場外の人気ラーメン店が閉店後、厨房から突然出火して七棟九百三十五平米を焼き尽くした。その原因が伝導過熱だったのである。伝導過熱による火事は、毎年全国で二十件ほど発生するという。

「うち、花岡《はなおか》さんで買い物してるでしょ。あの時、店に火の粉は飛んでないのに、電線が焼けて冷蔵庫が止まっちゃって、ご近所の店の冷蔵庫に分散して入れさせてもらったって、ご主人が言ってたの。あの時と同じだったわけね」

花岡商店で仕入れる白滝は、「白滝とタラコの炒《い》り煮」「豚コマと白滝の生姜煮」など、はじめ食堂を代表する小鉢の材料である。

「あの時、夕刊に花岡さんのインタビュー記事が載っちゃってさあ……」

二三のとりとめのない話は続く。

そして、串田保が出火の原因を知り、深く反省して千歳に詫びを入れたことは言うまでもない。


「タンメン?」

その日の午後、開店準備までの休憩時間に千歳の持ってきたレシピは、ラーメンならぬタンメンだった。

「はじめ食堂には、これが一番ふさわしいと思うんです。野菜たっぷりで、優しい塩味のスープ。でも、肉と野菜の旨味がどっさり入ってるから、ちゃんとコクがあります。日高《ひだか》屋《や》で一番人気のメニューは、野菜たっぷりタンメンなんですよ」

はじめ食堂なら家賃が発生しないから、一杯ワンコインで提供することも不可能ではない。

「タンメン、良いわね」

「野菜たっぷりなら、身体に良さそうだ」

「確かに、飽きのこない美味しさですよ」

二三も一子も皐も、千歳の提案に目を輝かせた。

「スープはオーソドックスに、鶏ガラと野菜くずで取ります。コクを出すためにウェイパァーを入れるのもありだと思いますよ。塩はちょっと高めの品なら、大体美味しいですから……」

千歳は自分の店では四種類の塩をブレンドして使っているが、はじめ食堂にそんな手間は要求しない。

「野菜はまずモヤシ。次に季節ごとのお安い野菜。冬なら白菜とかですね。色どりに赤の人参《にんじん》、それと緑のニラとか」

千歳の説明を聞いている内に、二三にも次々色々な考えが浮かんでくる。

トッピングの肉野菜炒めは、日替わり定食と同じく、一度に全部作っておいて、注文があるごとに少し炒め直せば、時間の節約になる。そして、時には片栗粉でとろみをつけて、餡《あん》かけタンメンにするのも良いかもしれない。餡かけの時はオイスターソースで味を足すのもありかも……。

考えると楽しくて、自然に笑みが浮かぶ。

見れば一子も皐も頬が緩んでいる。

「楽しいね！」

二三はつい声に出してみた。

「ホント！」

すぐに返事が返ってきて、はじめ食堂には明るい笑い声が広がった。

第三話 ● 昭和の焼きめし

十一月に入ると、いかにも晩秋という感じがする。翌月は十二月で、暦は冬に変わるが、それだけが理由ではない。

水が冷たさを増し、頬《ほお》に当たる風が鋭くなり、日の落ちるのがめっきり早くなると、東京でも木の葉の色が変わる。銀杏《いちょう》の葉は黄色くなり、楓《かえで》は赤くなる。

歩道を歩いて色の変わった街路樹を見ると、二三《ふみ》は冬が近づいてくるのを感じる。若い頃《ころ》は妙な寂しさを感じたものだが、食堂の仕事をするようになってからは「白い野菜が美《お》味《い》しくなる」と思う。

カリフラワー、大根、長ネギ、白菜、カブ。そして里芋や長芋、レンコン。白くはないが春菊もこれからが本番だ。

二三は寒い季節のメニューを思い浮かべた。

カリフラワーのガーリック焼き、大根バター醤油《しょうゆ》、カブラ蒸し、ハス蒸し、そして小鍋《こなべ》立《だ》て。冬になったらみぞれ鍋は是非やろう。牡蠣《かき》はまだ早いから、豚か鶏《とり》、それとも鱈《たら》とかホタテ……？

そんなことを考えていると、はじめ食堂が見えてきた。

「ただいま」

勝手口の鍵《かぎ》を開けて中に入り、買ってきたものを厨房《ちゅうぼう》に置いて、二階に上がった。今日は土曜日でランチがないので、昼過ぎまでのんびりできる。

「お姑《かあ》さん、来月から小鍋立てやらない？」

一子《いちこ》は炬燵《こたつ》に足を入れてテレビの旅番組を観《み》ていたが、すぐに話に乗ってきた。

「そうねえ。何が良いかしら」

「無難に豆腐と鱈と春菊。冒険して鶏手羽入れて中華風とか」

鶏手羽を煮るとスープが白濁して白湯《パイタン》になる。鶏ガラスープで味付けすれば中華風小鍋立て、受けるのではないだろうか。

「寒い夜は小鍋立てで熱燗《あつかん》……。となると、やっぱり正統派の醬油味よね。池波正太郎《いけなみしょうたろう》の小説みたい」

「炬燵をはさんで差し向かいだったら、ムード満点だけど」

二三は昔観た時代劇の場面を思い浮かべた。

「今はもう、炬燵も絶滅危惧種《きぐしゅ》よね。畳の部屋のない家が増えてるんだって」

最近は街で畳屋さんを見かけることがめっきり少なくなった。二三の子供時代には、町内に一軒は畳屋さんがあったのだが、考えてみればあの頃の住宅は多くが畳敷きだった。

「あたしには考えられないけど、若い人は平気なんだろうね」

「007にも畳の部屋が出てきたのに、日本から畳が消えそうなんだから、どうなってるんだか」

二〇二一年秋に公開された007シリーズ「ノー・タイム・トゥ・ダイ」では、ラストシーンに西日暮里《にしにっぽり》の森田畳店が制作した一一二枚の畳を敷いた大広間が登場する。映画を見たファンから同じ畳の注文が相次ぎ、サウジアラビアの富豪からも大きな注文が入ったという。

「外国の人の方が、畳の良さを分るのかもしれない。フランスじゃ、日本文化愛好家のことを《タタミゼ》って呼ぶのよ」

「へええ」

一子は初めて聞く言葉に目を丸くした。

「そう言えば、浮世絵も外国で評価されて、格が上がったんだものね。それまでは、マンガみたいな扱いだったのに」

「マンガだって今や《クールジャパン》の代表作品よ。大英博物館で展覧会が開かれたんだから」

明治時代、浮世絵は外国に陶器を輸出する際、緩衝材として利用され、丸めて箱に詰められていた。それを見たフランス人が、西洋絵画とは全く違う手法で描かれた絵に驚嘆し、「あんなもの」から一躍「芸術品」に出世した。

マンガだって、二三が子供の頃には「悪書追放運動」のやり玉に挙げられていた。二三はマンガ大好き少女だったので、大人たちの理不尽に腹が立ったものだ。そのマンガやアニメが、今や日本の誇る「芸術品」になろうとしている。

「畳だってあと五十年くらいしたら、みんなが憧《あこが》れるインテリアになるかもしれない。でも、その頃には畳で育った人たちは、この世から消えているわね」

二三は茶の間の畳を撫《な》でた。家は昔の住宅なので、オール畳敷きだ。年末には畳屋さんに張替えをお願いしている。

「畳も障子《しょうじ》も、夏は湿気を吸ってくれるし、冬は加湿してくれて、日本の気候にはぴったりなのに、どんどんなくなっていくなんて」

二三がため息を吐《つ》くと、一子は何かを思いついた顔つきで、炬燵に身を乗り出した。

「ねえ、ふみちゃん、月曜日のワンコイン、カレーうどんやろうと思ったんだけど……」

「良いじゃない。カレー大人気だもん」

「ふと思いついたんだけど、カレータンメンもありじゃない？」

「あ、イケる」

二三はパチンと指を鳴らした。

相良千歳《さがらちとせ》の指導で作ったタンメンはお客さんに好評で、ワンコインの一品としてすっかり定着した。バリエーションとして醬油味の餡《あん》かけタンメンも出したが、それも人気だった。

「プレーンと餡かけとカレー味。三種類揃《そろ》うと強いわ。お客さんも飽きないし」

「月曜にカレーうどんで、金曜にカレータンメンにしない？」

「賛成！」

二人で話していると、話題があちこちに飛んでも、最後は食べ物に帰ってくるようだ。

そして、必ず意見が一致する。

「お姑さん、昼、うどんにしない？」

一子は迷わず頷《うなず》いた。

「あたし、釜玉《かまたま》」

「私、餡《あん》かけ卵とじ」

「じゃ、あたしもそっちにする」

二三は炬燵から出て、台所に立った。

「そうよねえ」

菊川瑠美《きくかわるみ》は市来焼酎《いちきしょうちゅう》ぷうのソーダ割を一口飲んで、しみじみと言った。

「うちのマンションだって全部フローリングで、畳の部屋、ないわ」

市来焼酎ぷうは、バラの花を思わせる華やかさの中に、ほのかにライチやマスカットを感じさせる香りが潜《ひそ》み、爽《さわ》やかに鼻に抜けていく。もちろん、隣に座る辰浪康平《たつなみこうへい》お勧めだ。

瑠美と康平は今日、午後営業のはじめ食堂に一番乗りした。

「うちは建て直した時、親父《おやじ》とお袋の部屋は畳で、リビングと俺《おれ》の部屋はフローリングにした。でも、弟のマンションなんて、最初から全部フローリングで、畳ゼロ」

「今に、日本の住宅から畳がなくなるんじゃないかと思って」

二三はカウンター越しに二人にお通しを出した。今日は長芋の梅おかか和《あ》え。わさび醤油は定番だが、梅和えも酒に良く合う。

「うちの実家も同じ。昔は全部畳だったけど、建て直した時に両親の部屋以外、フローリングになったわ」

瑠美は思い出す顔になった。

「私が小学生の時よ。最初は炬燵がないのが寂しかったけど、そのうちテーブルと椅子《いす》の生活に馴《な》れちゃった」

「やっぱ、馴れだよね。俺、最近、座敷が掘り炬燵式じゃない居酒屋、やだもん。足痛くて」

「同じく。今は正座したら、三十分も持たないわ」

瑠美は箸《はし》を伸ばし、長芋をつまんで焼酎のソーダ割を飲んだ。

「でも、最近、お座敷で椅子とテーブル置いてあるお店、あるでしょう。あれは大好き。靴を脱いで座れるのが、すごく楽」

「俺の好きな平井《ひらい》の鰻屋《うなぎや》さんも、この前行ったら、座敷にテーブルと椅子、置いてあった。あれは楽でいいよね」

皐《さつき》が二人の前に柿《かき》とクレソンのサラダを置いた。

「これ、先生のレシピのアレンジです」

瑠美は料理に顔を近づけた。

「もしかして、イチジクとクレソンのサラダ？」

「はい。イチジクはもう終わっちゃったので、柿を使ってみようかなって」

「ベストチョイスよ。カキの甘さはイチジクにも負けないし」

柿の甘さとクレソンのほろ苦さが互いを引き立て合い、ミントの葉の爽やかな香りで一つにまとまっている。

「次のお飲み物、何になさいますか？」

瑠美が問いかけるように康平を見た。

「なかむらのお湯割にしようか」

なかむらは芋焼酎だが、蔵元が「麹造《こうじづく》り」に力を入れている。

「お湯割で美味しく飲むためには、麹の力が必要なんだ。だから、燗酒《かんざけ》好きな人はみんな『なかむら』の虜《とりこ》になる」

「それじゃ、さっちゃん、それ二つお願いします」

瑠美は皐に告げてから、康平に顔を向けた。

「日本酒も深いけど、焼酎も深いわね」

「今はどっちもルネッサンスの真っ最中だよ。黎明《れいめい》、隆盛、爛熟《らんじゅく》で言うと、隆盛の八合目くらいかな」

「あら、それじゃ頑張っていっぱい飲まなくちゃ。頂点まで行ったら、あとは下降線よね」

「ジェットコースターじゃないんだから、いきなり急降下しないって。それに、爛熟も良いもんだよ」

瑠美はメニューを手に取った。

「ええと、それじゃあ燗酒に合う料理は……」

二三がカウンターから声をかけた。

「エビと豆腐のうま煮、お勧めです。生姜《しょうが》風味のお出汁《だし》で、素直な味です」

「それ、ください。豆腐料理に外れなし」

「おばちゃん、この塩鱈とジャガイモのポルトガル風って、新作？」

康平が横からメニューを覗《のぞ》いて尋ねた。

「フライパン一つで作れるって書いてあったから、やってみたの」

「ポルトガルは塩鱈が国民食なのよ。懐かしいわ」

瑠美は懐かしそうに目を細めた。ＯＬ時代にヨーロッパを食べ歩き旅行した経験があって、ベストスリーはイタリア・スペイン・ポルトガルだそうだ。

「じゃあ、それも決まり。このレンコンと牛肉の花椒炒《ホアジャオいた》めっていうのも、心惹《ひ》かれるな」

「それも決まり。和、洋ときたら中華よ。それに今の時期のレンコンは、瑞々《みずみず》しくてサラッとしてるから、炒め物には最適」

注文が決まると、皐はなかむらのお湯割を作り始めた。康平のリクエストで、まず器に六十五度のお湯を入れてから、静かになかむらを注ぐ。

「はい、焼酎のお湯割です」

皐はカウンターに陶器のタンブラーを二つ置いた。

「こうするとなかむらの甘味と香りが引き立つんだ」

康平は少し得意気に言って乾杯した。瑠美も嬉《うれ》しそうに酒の話をする康平を、楽しそうに見つめている。

厨房では一子が最初に出すエビと豆腐のうま煮を作っていた。料理は味の薄い順に食べないと印象がぼやけてしまう。

絹ごし豆腐と叩《たた》いたエビ、戻したきくらげを出汁汁で煮て、片栗粉《かたくりこ》でとろみをつけ、生姜のしぼり汁を垂らしたら完成。何の変哲もない料理だが、素直で飽きのこない美味しさで、日本酒との相性は抜群だ。

康平も瑠美も、レンゲでうま煮をすくうと、ふうふう息を吹きかけて口に入れた。

「あふ……」

「でも、うま」

瑠美は陶器のタンブラーを見直した。

「本当に、焼酎なのに全然違和感ないわ。エビと豆腐のうま煮によく合うこと」

二三は二人の食べる速度を見ながら、塩鱈とジャガイモのポルトガル風を作り始めた。

これもまた、ジャガイモと塩鱈をオリーブオイルで炒め、ニンニクで香りをつけて刻みパセリを振るだけの素朴な料理だ。しかしニンニクとオリーブオイルは黄金コンビ、塩鱈の旨味《うまみ》を吸ったジャガイモは乙な味で、白ワインが止まらなくなる。

「なかむらは燗酒との相性が良くて、前後で飲んでも、間に挟んでも、しっくり来るんだ。日本酒の良さを邪魔しないし、焼酎の個性を殺すわけでもない。蒸留酒と醸造酒だけど、なんか親和性があるんだよね」

「うん。何となくわかる」

カウンター越しに、オリーブオイルとニンニクの良い香りが漂ってきた。瑠美は鼻をうごめかせ、まだ中身の残っている陶器のタンブラーに目を遣《や》った。

「私、次のお料理だけ白ワイン頼むわ。昔、ポルトガルで食べた時のこと、思い出しちゃった」

「俺も付き合う。匂《にお》い嗅《か》いでたら、白ワイン飲みたくなった」

康平は指を二本立てて、皐にグラスの白ワインを頼んだ。

「水曜に持ってきた、オーストラリアのやつね」

はじめ食堂のアルコール類はすべて辰浪酒店から仕入れているので、康平は酒の在庫はすべて把握している。

「こんばんは」

入り口の戸を開けて入ってきたのは、松原青果店《まつばらせいかてん》の松原団《だん》だった。団の後ろには相良千歳が続いている。

「いらっしゃい。どうぞ、お好きなお席に」

二人は四人がけのテーブルに向かい合って座った。

「二人とも明日休みなんで、ゆっくりできると思って」

団が二三たちに言うと、千歳が言い添えた。

「今日は私のお勘定にしてくださいね。団さんにはすごくお世話になったし、お店にも来ていただいてるし」

「それを言うなら、僕も大量にネギ買ってもらってるから」

皐がテーブルにおしぼりとお通しを運んで言った。

「千歳さん、相変わらず大繁盛で、良かったですね」

「ありがとうございます。一時はもう、どうなることかと思いましたけど……」

千歳は言葉を切って団を見つめた。言外に、感謝の気持ちが表れている。店から突然出火した時は消火に力を尽くしたし、その後も何くれとなく相談に乗っているらしい。

「お飲み物は？」

「中生ください」

団が答えると、千歳は一瞬間をおいてから言った。

「私、スパークリングワインを」

「この前と同じ銘柄で良いですか？」

チリのスパークリングワイン、エスパス・オブ・リマリ・ブリュット。凝縮した果実味があってドライな飲み口だが、決して高価ではない。

「はい。あれ、すごく美味しかった」

「お待ちどおさま」

二三はカウンター越しに、康平と瑠美の前に料理の皿を置いた。香ばしいニンニクの香りが皿から立ち上り、千歳と団のテーブルにも流れて行った。

二人とも同時に鼻の穴を膨らませ、思い切り香りを吸い込んだ。

「あのお料理、何ですか？」

「塩鱈とジャガイモのニンニク炒めです。ポルトガルの家庭料理なんですよ」

皐の説明が終わると同時に、二人は「あれ、ください！」とリクエストした。

「よろしかったら、炒め物が出来上がるまで、柿とクレソンのサラダを召し上がりませんか？　すぐできますよ」

団が目を丸くした。

「柿とクレソンでサラダ？　そんな使い方もあるんだ」

「ください。私も食べてみたい」

千歳と団はメニューの向きを変えながら相談し、ブロッコリーと茹《ゆ》で卵のグラタン、豚バラ大根、レンコンと牛肉の花椒炒めを注文した。二人とも肉体労働しているから食欲旺《おう》盛《せい》だ。

「シメは……この、ジャコと野沢菜のチャーハンって美味そうだな」

団はそう言ってから、千歳の顔を見直した。

「外食の時は中華はパスだったよね？」

千歳は笑顔で首を振った。

「それは麺《めん》だけ。炒め物は別」

「ああ、良かった」

ブロッコリーも国産は冬が旬《しゅん》だ。グラタンはさっと茹でたブロッコリーとベーコンを炒め、半分に切った茹で卵を一個分載せてホワイトソースをかけ、ピザ用チーズを散らしてオーブンで焼く。あらかじめホワイトソースを作っておけば、手間いらずだ。しかも緑と黄色と白で、色どりも美しい。十二月になるとホウレン草で作ることも多い。

「夏は、柿じゃなくてイチジクを使うんですよ」

皐はサラダの皿をテーブルに置いて言った。

「あ、すごい、合う」

柿とクレソンを一緒に口に入れて、団が声を上げた。

「最近はフルーツを使ったサラダのレシピ、多いんですよ。柑橘類《かんきつ》の他に、桃とかメロンとか」

皐の言葉に、千歳も頷《うなず》いた。

「私、桃とモッツァレラチーズのサラダ、食べたことあるわ。美味しかった。贅沢《ぜいたく》なカプレーゼって感じかしら」

皐がテーブルを離れると、千歳と団はほんの少し額を近づけた。

「それで、新作のアイデア、どうなってる？」

「それが、あんまり……。帯に短し襷《たすき》に長しっていうの？」

「そうだよなあ」

団は椅子の背もたれに寄り掛かって天を仰いだ。

「もう、ラーメンのアイデア出尽くした感があるよね。ありとあらゆるラーメン、あるもん。動物系に魚介系、ダブルスープにトリプルスープ」

千歳も小さくため息を吐いた。

「正直、新しい素材を開発するのはあきらめたわ。これまであるラーメンの中で、うちに合ったものを選んで、自分なりの工夫でアレンジするしかないと思った」

「僕はその考え方は正しいと思う。新しいから美味《うま》いんじゃなくて、上手《うま》く作るから美味いんだよ」

「うん」

千歳は微笑を浮かべたが、少し気弱そうな気配が表れていた。

二三はちらりとテーブルに目を遣ってから、康平と瑠美の注文した花椒炒めの調理にとりかかった。乱切りにしたレンコンと牛肉をゴマ油で炒め、ニンニク、醬油、ナンプラーで味をつけ、仕上げに花椒で風味をプラスする。ゴマ油と花椒の香りで、佃《つくだ》から一気に四川《し》省《せん》へ跳んだ気分になれる。

「ああ、良い香り」

瑠美は皿から立ち上る湯気を両手でかき寄せ、香りを嗅いだ。

「レンコンしゃきしゃきで、美味い」

康平はレンコンと牛肉を口に運び、顔をほころばせた。

「これはやっぱり泡だな。さっちゃん、俺、小生ね」

「私、スパークリングワイン、グラスで」

二人は新しい飲み物を頼み、シメの相談に入った。

「割とこってり系を食べちゃったから、シメはさっぱり系ね」

「さっぱりって言うと、お茶漬け、にゅう麵……」

「にゅう麵にしない？　ラストはぬる燗で」

「そうだね。さっちゃん、というわけで、ラストはにゅう麵と鶴《つる》の友《とも》のぬる燗一合」

鶴の友純米酒は康平が「冷やしても常温でもぬる燗でも美味いよ！」と推薦した酒で、今月から仕入れている。

と、入り口の戸が開き、山手政夫《やまてまさお》が入ってきた。その後ろに続くのは皐の祖父の中条恒巳《なかじようつねみ》。山手と同年代だが、自身で社交ダンス教室を経営している、現役のダンス教師だった。

「お祖父《じい》ちゃん！」

「急に来て、悪かったな」

「そんなことないわよ。嬉しいわ」

二三と一子も、カウンターの中から声をかけた。

「今日はお揃いで、ありがとうございます」

「先生、ようこそ。お久しぶりです」

「どうも、ご無沙汰《ぶさた》してます。孫がすっかりお世話になって」

中条はカウンターの中の二三と一子に頭を下げ、皐にも小さく片手を挙げて挨拶《あいさつ》した。

二人はカウンターに腰かけた。

「おじさん、今日は教室の帰り？」

康平が生ビールのジョッキを片手に尋ねた。

「まあな。予約が俺で最後だったんで、久しぶりに一杯どうですかって、お誘いしたんだ」

山手は康平のジョッキを見て、すぐに飲み物を決めた。

「小生。先生はどうなさいます？」

「私も同じで」

皐はおしぼりとお通しをカウンターに運ぶと、中条と山手にメニューを開いて見せた。

「今日のお勧めは、まず山手のおじさんにはマッシュルームのオムレツ。マッシュルームは今が旬なんですよ」

「もらおう。俺は別嬪《べっぴん》の勧めは断らない主義だ」

山手は三代続いた鮮魚店魚政《うおまさ》の大旦那《おおだんな》だが、一番好きな食べ物は卵だった。

「あとはエビと豆腐のうま煮、豚バラ大根。どっちもすごく柔らかくて、食べやすいから」

山手も中条も後期高齢者で、歯も弱くなりつつある。

「じゃあ、それをもらおうか。豚バラ大根は冬になると、祖母《ばあ》さんが良く作っていたな」

中条は懐かしそうに目を細めたが、視線はメニューの最後で止まった。

「ジャコと野沢菜のチャーハン？」

「高菜チャーハンってあるでしょ。あれの野沢菜バージョン。さっぱりしてて美味しいわよ」

中条が問いかけるように顔を見ると、山手は大きく頷いた。

「じゃあ、シメにそれをもらいましょう」

「ありがとうございます」

皐はメニューを閉じると、二三と一子に言った。

「お祖父ちゃん、料理はあんまりしないけど、チャーハンは得意なんですよ」

「あらまあ、それはお見逸《みそ》れしました」

一子がカウンターの中で言うと、中条は照れ臭そうに首を振った。

「いや、私のは何とかの一つ覚えで、冷蔵庫に残った余りものを炒めて作るだけで、チャーハンというより焼きめしですよ」

「あら、それって、家庭料理の原点ですよ。ね、お姑さん」

「そうそう。あたしも昔、良く作りましたよ」

一子も目を細めた。幼かった息子の高《たかし》と夫の孝蔵《こうぞう》と共に過ごした、休日の昼食風景が脳裏によみがえる。余りもので簡単に作る焼きめしは、昭和の家庭の定番料理の一つだった……。


山手と中条が来店すると、ほどなく次々と常連さんがやってきて、店は満席になった。

二三はお客さんの注文をさばきながら、康平と瑠美に声をかけた。

「にゅう麺、かきたまと鶏椎茸《とりしいたけ》、どっちが良い?」

康平と瑠美は一瞬顔を見合せたが、すぐに「鶏椎茸」と答えた。柚子《ゆず》風味のあっさり味だ。鶴の友にも良く合うだろう。

二人とも、店が立て込んできたので、にゅう麺を食べ終えると、そそくさと席を立った。

「おじさん、またね」

「ああ、お前もな。ちゃんと先生をお宅まで送ってくんだぞ」

「山手さん、ありがとうございます。中条先生、これから寒くなりますから、お身体《からだ》に気を付けて」

「どうぞ、これからも孫をよろしくお願いします」

知り合い同士、軽く挨拶を交わすと、康平と瑠美は店を出て行った。

皐は素早く空の食器とグラス、ジョッキを下げ、席を片付けた。

団と千歳も順調に料理を食べ進め、いよいよシメのチャーハンになった。二人は皿に取り分け、同時にスプーンを入れた。

「ゴマ油風味なんだ。でも、さっぱり食べられるね」

「具材が軽めで、余計な味付けしてないからだと思うわ」

千歳は三口ほど食べてから、思い出す顔になった。

「私が生まれてから食べたチャーハンで一番さっぱりしてたのは、カリカリ梅とジャコと大葉のチャーハン。中華料理とは思えないくらいさっぱりしてた。調味料は塩だけじゃなかったかしら」

「それ、飲んだ後のシメにぴったりだね」

団は頷いて、野沢菜チャーハンを口に運んだ。

「それじゃ、今までで一番こってりしてたのは？」

「そうねえ」

千歳も野沢菜チャーハンを口に入れて、首をひねった。

「前に何処《どこ》かの中華屋さんで食べた、豚バラ肉がゴロゴロ入ってるチャーハン。ラードの量も多かった気がする」

「僕は錦糸町《きんしちょう》の老舗《しにせ》中華屋さんで食べた、エビ味噌《みそ》チャーハン。こってりっていうより、コクがあるっていう方が正確だけど」

「エビ味噌？」

「うん。僕はプロじゃないから、どういう調味料を使ってるか分からないけど、あれは美味かったな。味が深いというか」

団は皿を持ち上げて傾け、チャーハンの残りをかきこんだ。

「蟹《かに》味噌はすぐイメージできるけど、エビ味噌ってそれほど馴染《なじ》みがないから、その分インパクト大きかったのかな」

「絶対美味しいわね。エビも蟹も、味噌ってコクがあるもん」

千歳は団の話に相槌《あいづち》を打ちながらも、何かが頭の隅で動き始めるのを感じていた。


「お祖父ちゃん、入って」

皐は後ろを振り返り、中条に声をかけた。

中条は周囲に気を配りながら玄関に足を踏み入れた。孫の暮らすマンションを訪れるのは初めてなのだ。はじめ食堂でつい長居してしまい、閉店間際に帰ろうとしたら引き留められた。

「お祖父ちゃん、もう遅いから今夜はうちに泊まって、明日明るくなってから帰ってよ。途中まで送るから」

「子供じゃあるまいし、大丈夫だ」

と言ったものの、山手を始め二三と一子にも「先生、せっかくだからさっちゃんの言う通りになさってください。お孫さんと水入らずで過ごすのは、お久しぶりでしょう」と勧められ、断り切れなくなった。いや、本音は久しぶりに会った孫とゆっくり語り合いたかった。だが、忙しい孫の負担になってはいけないと、遠慮したのだ。

「どうぞ、座って」

皐の借りているマンションは2LDKで、きちんと片付いていた。リビングには、テレビの前に二人用のソファが置いてある。

「お茶は……眠れなくなっちゃうよね。ビールでもどう？」

「せっかくだからいただこう。それよりお前、腹減ってるだろう。構わず夕飯にしなさい」

皐はいつも夕食代わりの賄いを食べて帰るのだが、今日は閉店直後に中条と一緒に帰ってきた。お土産《みやげ》に豚バラ大根とご飯をもらってきたが。

「今、カレー、チンする」

皐は冷蔵庫から取り出したビールを手渡しながら答えた。

「冷蔵庫に卵はあるか？」

「うん」

「じゃあ、久しぶりに焼きめしを作ってやるか」

「良いわよ、お祖父ちゃん。疲れてるでしょ」

「なあに、まだまだ。その代わり、明日の朝、味噌汁を作ってくれ。お前の味噌汁は本当に美味かった」

皐は思わず鼻の奥がつんとしたが、無理に笑みを浮かべてごまかした。

「冷蔵庫にソーセージ入ってる。あと、長ネギとキャベツと人参《にんじん》」

「立派なもんだ」

中条は気軽に台所に立ち、冷蔵庫から野菜とソーセージを出すと、まな板と包丁を取り、刻み始めた。

皐はフライパンとサラダ油と調味料を出し、調理台に並べた。

中条はフライパンに油を引いて具材を炒め、皿に移した。次に割りほぐした卵を半熟に炒めてからご飯を入れ、手早く炒め合せると先に炒めておいたソーセージと野菜類を加え、鮮やかな手つきで鍋を振った。

「すごい！　炎の料理人みたい」

皐が少し大げさに歓声を上げると、中条は得意気な顔になり、出来上がった焼きめしを皿に盛った。

「いただきます！」

皐は祖父と並んでソファに腰を下ろし、缶ビールを開けた。低めのテーブルには焼きめしと豚バラ大根の皿が並んでいる。

皐は焼きめしを頬張った。

「美味しい！」

祖父が作る焼きめしは、子供の頃から慣れ親しんだ味だった。性同一性障害に苦しみ、祖父の期待を裏切る形で家を出てから、もう長いこと食べていない。だから余計に美味かった。

中条は目を細めて皐の食べる様子を眺めている。

「ねえ、お祖父ちゃん、どうして焼きめしを作るようになったの？」

中条は遠くを見る目になった。

「今にして思えば、祖母さんに乗せられたのかな。子供の頃、近所にラーメン屋があって、チャーハンが美味かった」

今でいう「町中華」だろう。店の親父さんが鍋を振ってチャーハンを炒める様は、子供には曲芸のようで、いつも見惚《みと》れていた。

「あんまりじっと見ていたせいか、客がみんな帰った後に『お兄ちゃん、ちょっと鍋振ってみる？』と声をかけてくれて、真似事《まねごと》をさせてくれた」

もちろん火のついていないガス台で、空の中華鍋を振ったのだった。子供に片手で鍋は振れないから、両手で取っ手を握った。

「『腕で振ろうとするな、腰で振れ』とか、コツみたいなことを教えてくれたっけな。今になって考えてみれば、あの店のチャーハンが美味かったのは、業務用の火力の強いガス台を使っていたからだと思うが」

しかし、少年時代の中条はチャーハンのコツを会得した気分になった。結婚前は外食が多く、あまり料理をする機会はなかったが、新婚時代に妻に代わって台所に立ち、チャーハンの腕を披露した。

「祖母さんは絶賛してな。『こんな美味しいチャーハンは食べたことがない。あなたは天才だ』とか何とか、ほめちぎった。こっちはすっかりその気になって、たまの日曜、昼に焼きめしを作ってやるようになった。あれはただ単に、祖母さんが日曜に昼飯を作るのが面倒だったからに違いない」

そう話す中条の顔は満更でもなさそうだった。

「そんなことないわよ。お祖母ちゃんも私も、お祖父ちゃんの焼きめし、楽しみだったもん。やっぱり、その町中華の親父さん、チャーハンのコツを伝授してくれたのよ」

「まあ、祖母さんが喜んでいたんだから、それでいいさ」

中条は缶ビールを美味そうに飲み、テーブルに缶を置いた。

「ところで、お前の方はどうなってる?」

「お味噌汁の店のこと？」

中条が頷くと、皐は戸惑ったように目を逸らした。

「それがね、自分でもよく分らないんだけど、最近モチベーションが低下してきたの」

「どういうことだ？」

皐は考えをまとめるように、ゆっくりと缶ビールを飲んだ。

「前は、どうしても独立して自分の店を持ちたいと思ってた。『風鈴《ふうりん》』は良い店だったし、仲間と一緒に働くのは楽しかったけど、あそこに居られるのは若いうちだけだから」

『風鈴』はかつて皐がダンサーとして働いていた有名なショーパブで、店のニューハーフの中でも、皐は断トツ人気のスターだった。

「でも、はじめ食堂で働いてるうちに、居心地が良くなっちゃって。この前、はじめ食堂の近所に私より若い女の子がラーメン屋を開いたの。それで、今まで何をのんびりしてたんだろうって焦ったんだけど、前みたいに切羽詰まった危機感はなくなってた。自分でもそれに気が付いて驚いたわ。何となく、自分が自分のいるべき場所にいるような、そんな気分なのよ」

皐の真摯《しんし》な告白は、中条の胸にもまっすぐに響いた。思春期からずっと、自分の居場所を探し求めて苦悩してきた皐を思うと、哀れでならない。そんな皐の気持ちを理解しようとしなかった過去の自分が、申し訳なくて居たたまれない気持ちだった。

「お前がそういう気持ちなら、あわてて決めることはないよ」

中条はしみじみと言った。

「はじめ食堂は良い店だ。ご主人の二三さんも一子さんも、心から信頼できる人たちだ。お前が居心地がいいなら、いつまでも働かせてもらいなさい」

「……お祖父ちゃん」

「ただ、もし居心地が悪くなったら、いつでも独立できるように、開店資金は準備してある。それは心に留めておいてくれ」

皐はもう少しで涙がこぼれそうになり、缶に残ったビールを飲み干した。

「ありがとう、お祖父ちゃん。心配ばっかりかけて、ごめんね」

中条は首を振った。

「違うよ。心配できる相手がこの世にいるのは幸せなことだ。だから、お前には感謝してるよ」

皐は盛大に洟《はな》をすすり上げた。


同じ頃、二三と一子は清澄《きよすみ》通りにある「月虹《げっこう》」のカウンターにいた。マスターの真辺司《まなべつかさ》が一人で営んでいるバーで、落ち着いた雰囲気でゆったりと酒を楽しめる。真辺はかつて銀座に店を出していたこともあり、酒の知識も接客術も一流だった。

月に一、二度、月虹で《大人の夜》を楽しむのは、二三と一子のささやかな贅沢だ。

月虹の入っている雑居ビルの前で、階段を下りてくる康平と瑠美のカップルと鉢合せした。

「おばちゃんたちも、はじめ食堂の後はここ？」

康平が衒《てら》いのない顔で尋ねた。

「うん。大人の時間だもの」

二三が答えると、康平と瑠美は「お休みなさい」と挨拶して歩いて行った。ちゃんと腕を組んでいる。二人の結びつきが確かなものになっていくのを実感して、二三も一子も嬉しくなった。

「マスター、十一月に相応《ふさわ》しいカクテルって、何かしら？」

一子の質問に、真辺は微笑《ほほえ》んだ。

「実は色々ございます。誕生石ならぬ、誕生酒というのがあるんですよ」

「まあ、全然知らなかった」

「しかも三百六十五日、すべてに対応するカクテルがあります。すべて《酒言葉》つきです」

予想外の答に、二三と一子は顔を見合せた。

「まあ、私は酒造メーカーが、無理やりこじつけて作ったんだと思いますけれど」

そして、二人におしぼりを差し出しながら先を続けた。

「でも、十一月のカクテルの中から、お二人にお似合いのものを選ばせていただくのは、楽しい作業です」

その一言で、二三も一子もすっかり気持ちが良くなった。

「マスターのお勧めは、どんなカクテル？」

「まず、二三さんにはグランマルニエコスモポリタンです」

ウオッカベースでオレンジキュラソー、クランベリージュース、ライム果汁をシェイクして作るショートカクテルだ。

「オレンジ色のきれいなお酒です。そして酒言葉は『生まれながらの楽天家』」

二三と一子は同時に笑い声を立てた。

「良いじゃない。ふみちゃんにぴったり」

「じゃ、お姑さんには？」

「一子さんにはミドリコラーダを。日本生まれのメロンリキュールＭＩＤＯＲＩを使った、グリーンのお酒です」

ＭＩＤＯＲＩ、ココナッツリキュール、ミルク、パインジュース、クラッシュアイスをシェイクしたロングカクテルで、レッドチェリーとカットパインを飾る。

「アルコール度数も低いですし、ミルクが入っているので、口当たりが良くて飲みやすいお酒ですよ」

「酒言葉は？」

「『何事にも心から喜べる芸術家』」

二三は真辺を睨《にら》む真似をした。

「ずるい。お姑さんばっかりカッコいい」

「そんなことないわよ。あたしは芸術家より楽天家の方が好きだわ」

真辺は二人を見比べて、穏やかに言った。

「私にはこの二つの酒言葉が、結局は同じ意味のように思えます。何事にも心から喜べるとは、すなわち楽天家のことです」

「ほらね。マスターの言う通り」

一子は二三の方を振り向いて、嬉しそうに微笑んだ。

真辺は手早く酒類を測ってシェーカーに入れ、小気味よい音を立ててシェイクし、カクテルを仕上げた。昔観たトム・クルーズ主演の映画「カクテル」のアクロバティックな動作とは全く違う、丁寧で格調を感じさせる動きだった。

「お待たせいたしました」

真辺はグラスに注《つ》いだカクテルを二三と一子の前に置いた。オレンジのカクテルは普通のカクテルグラスに、グリーンのカクテルは、ジュースやソーダに使うゴブレットに入っていた。

「乾杯」

二人は静かにグラスを合せ、珠玉のカクテルを味わった。グラスを置き、真辺の用意した常温の水で舌を洗ってから、二三は一子の方を見た。

「ねえ、お姑さん、今日の中条先生のお話で思いついたんだけど、ランチで焼きめし出さない？」

「……焼きめし」

「うん。チャーハンって言うと、何となく本格的な中華って感じがするけど、焼きめしなら家庭料理でしょ」

「そうね。昭和感が漂うわ」

「うち、カレーとナポリタンは、お客さんのリクエストで色々作るじゃない。あれを焼きめしで出来ないかと思って」

「ああ、それは良いかもしれない。焼きめしは冷蔵庫の残り物で作る家が多いから、具材も幅が広いわよね」

「そうそう。高菜チャーハンは一般的だけど、うちでは沢庵《たくあん》を刻んで入れてたとか、白菜の古漬けだったとか、各自想い出《おもで》の焼きめしがあるかもしれない。それをリクエストしてもらうとか」

「良いね。ランチで懐かしの焼きめしと再会……」

「しかもワンコイン」

二人は同時ににやりと笑った。新しいメニューのプランが決まった時は、どうしても頬が緩んでしまう。

二度目の乾杯をした後、真辺が水のグラスを出して言った。

「実はお二人のお話をもれ伺って思い出したんですが、私の母の作る焼きめしは、なぜか蒲鉾《かまぼこ》が入っていました」

「お肉じゃなく？」

「いえ、肉は入ってました。チャーシューだったりひき肉だったり。後はネギと卵で。ごく一般的な焼きめしなのに、どうして蒲鉾を入れてたんでしょうね。長崎ちゃんぽんと間違えたのかな」

「お母様、長崎のご出身？」

「いえ、千葉県です。小田原《おだわら》出身なら、まだ分るんですが」

真辺はそう言うと、奥へ引っ込んでグラスを磨き始めた。母の作る焼きめしの想い出は、真辺にとって良いものなのだろう。いつにも増して、穏やかな表情に見える。

「焼きめし、宝の山かもしれないね」

二三は一子に囁《ささや》き、二人は三度目の乾杯をした。

「来週、ワンコインで焼きめしをやることにしました」

月曜日のランチタイム、皐は日替わり定食をテーブルに置くと、メモ用紙と鉛筆を指さした。席に座っているのはワカイのＯＬ四人で、いずれも常連さんだ。

「焼きめし？　チャーハンじゃなくて」

「はい。焼きめしは家庭の味ですから」

「そう言われると、何となくそうね」

今日の日替わり定食はハンバーグと麻婆《マーボー》豆腐。ハンバーグはご希望でおろしぽん酢が付く。焼き魚は文化鯖《さば》、煮魚はカラスガレイ。ワンコインは麻婆うどん。かけうどんに麻婆豆腐をトッピングした。「どうせ麻婆豆腐作るなら、統一しちゃおうよ」という二三の思い付きで、急遽《きゅうきょ》カレーうどんから変更になった。

小鉢は切り干し大根。五十円プラスで茶碗蒸《ちゃわんむ》し。味噌汁は大根と里芋、漬物は一子手製のカブの糠漬《ぬかづ》け（葉付き）。これにドレッシング三種類かけ放題のサラダが付き、ご飯と味噌汁はお代わり自由。

この内容で一食七百円は、今の時代絶滅危惧種に指定されてもいいくらいだ……と二三、一子、皐の三人は自負している。

「それで皆さん、リクエストがあったらメモに書いてお出しください。うちではいつもチャーシューでなくソーセージだったとか、さつま揚げが入っていたとか、ご家庭の想い出の味を書いてくださると嬉しいです」

するとと、奥に座っていたＯＬが、片手を頬に当ててしなを作った。

「あら、どうしましょう。わたくしの家では、焼きめしはいつもフォアグラとトリュフを入れてたんですの」

「そういうセレブな家は、焼きめし食べないっつーの」

早速隣のＯＬがツッコミを入れて、テーブルに笑いがあふれた。

「分った。書いとくよ、さっちゃん」

「お願いします」

皐はテーブルを離れ、カウンターの焼き魚定食と日替わり定食を両手に載せ、別のテーブルに運んだ。

「さっちゃん、うちの焼きめし、ピリ辛味だったんだよ」

焼き魚定食を注文した中年のサラリーマンが声をかけた。

「色もちょっと茶色っぽくてさ。卵は入ってなかったと思う」

「麻婆豆腐の調味料を使ったんでしょうか」

「今となってはなんとも。お袋、三年前に亡くなったから。でも時々、あのピリ辛の焼きめし、食いたくなるんだよね」

「リクエストに書いてくださいね。同じでなくても近い味の焼きめし、お作りしますから」

「頼むよ」

この人も常連さんだった。嬉しそうに割り箸を割り、味噌汁をすすっている。

テーブルを回ってお客さんにリクエストをお願いするたびに、皐もまた「焼きめしは宝の山」という二三の確信を共有するようになった。焼きめしに限らず、それぞれの家庭には「味の記憶」と「料理の想い出」が詰まっている。掘り起こしていくだけで、レシピは無限に広がってゆく。


「さすがふみちゃん、目の付けどころが良いわ」

野田梓《のだあずさ》は半分に切ったハンバーグにおろしぽん酢をまとわせながら言った。今日はカラスガレイの煮つけとハーフ&ハーフにしてもらっている。

「カレー、ナポリタン、チャーハン。元は外国料理だけど、今や完全に家庭料理の定番だもんね。掘ればいくらでも宝が出てくるわ」

三原茂之《みはらしげゆき》もハンバーグを箸でちぎりながら言った。

「唐揚げも有力だね。今、専門店があちこちにあるでしょう。とり天、チキン南蛮《なんばん》、油淋鶏《ユーリンチー》も同じカテゴリーと考えれば、レシピは無限ですよ」

かつての人気番組「突撃！隣の晩ごはん」で日本各地の家庭を取材したヨネスケによれば、一番多く遭遇した晩ごはんはカレー、二番目は鶏の唐揚げだったという。

「それにチャーハンって言われると、何となくお店で食べる感じだけど、焼きめしって聞くと、家で作るイメージになるのよね。不思議だわ」

「まあ、同じイメージを共有できるのも、昭和生まれだけかもしれないけどね」

三原の言葉に一同は我知らず頷いた。今はじめ食堂にいるメンバーは、皐以外全員昭和生まれなのだ。

今は午後一時半を回ったばかりだ。この時刻になると、詰めかけていた常連さんたちは、昼休みの終わりに合せてほとんど引き上げてしまっている。だから大抵、梓と三原の貸し切り状態になる。

「で、リクエスト、集まったの？」

「うん。皆さん、割と真面目《まじめ》に書いてくれた」

「焼き肉のタレでビビンパ風とか、キムチチャーハンとか、びっくりしましたよ。あたしには中華と韓国料理の間には垣根があるんですけど、今の人は違うんですね」

その時、入り口の戸が開いて松原団が入ってきた。

「すみません。お客じゃないんです」

わざわざ断らなくても、最近、団が仕事の終わりに「ラーメンちとせ」でランチをしているのは、はじめ食堂ではみんな知っている。

「実は、千歳さん、ラーメンの新作を考えたんです」

「まあ、それは良かったこと」

団は自分がねぎらわれたかのように、一子に会釈した。

「それで、店で出す前に、はじめ食堂の皆さんに試食していただきたいそうなんです。出来れば三原さんと野田さん、それに菊川瑠美先生と辰浪酒店のご主人にも、おいで願いたいと」

千歳は短い間ではあったが、タンメンづくりの指導も兼ねて、はじめ食堂でバイトした。だから三原が帝都《ていと》ホテルの元社長で、梓が銀座の老舗クラブのチーママであることを知っていた。菊川瑠美は高名な料理研究家で、康平ははじめ食堂の酒類をほとんど自身の裁量で卸している。味にはうるさいであろう面々に、新作を試食してもらい、その反応を確かめたいと思ったに違いない。

「今週の日曜のお昼なんですが、皆さん、ご都合は如何《いかが》でしょうか?」

日曜日はラーメンちとせの定休日だ。休日をつぶして試食会を開くとは、気合が入っている。その意気込みに、二三はすぐ応じた。

「私とお姑さんは、是非参加させていただきます。さっちゃん、都合はどう?」

「はい。大丈夫です。よろしくお願いします」

するとと三原も笑顔で答えた。

「僕も参加させてもらいます。ラーメンちとせの新作を真っ先に味見できるなんて、光栄だな」

「あたしも、ご迷惑でなかったら食べたい……いえ、行きたいわ」

一同は小さく笑い、はじめ食堂は和《なご》やかな雰囲気に包まれた。

「瑠美先生と康平さんには、今夜にでもご都合を聞いてみます。先生は分らないけど、康平さんは絶対よ。一時、つけ麵にはまって太って大変だったんだから」

「ありがとうございます。よろしくお願いします」

団はぺこりと頭を下げ、店を出て行った。

「あの二人、どうなってるの？」

梓は興味津々で二三に尋ねた。

「私の見るところ、順調よ。二人とも仕事熱心で性格が良いし、ヘアスタイルもそっくりだし」

団はくりくりの坊主頭で、千歳は坊主に近いクルーカットにしている。そして千歳がフランス人形なら、団はキューピー人形に似ている。

「ああ、日曜日が楽しみ！」

梓は声を弾ませて、再び箸を取った。

日曜日、間違えてお客さんが入ってこないように、ラーメンちとせの入り口には「本日は貸し切りです」の貼《は》り紙が出ていた。

昼の十二時、店内のカウンターには、招待された七人と団の八人が座っていた。

カウンターの中では、千歳が一心に新作ラーメンを作っていた。丼《どんぶり》から漂うスープの香りが、これまでとは違っている。二三は記憶のどこかにあるその香りを思い出そうと、大きく息を吸い込んだ。

「お待たせいたしました」

時間差で二度に分けて、ラーメンが供された。

スープはあの澄み切った色ではなく、茶色く濁っていた。そしてトッピングはチャーシュー、メンマ、煮卵、刻みネギ。

レンゲでスープをすくって一口飲み、二三はそのコクと味の深さに驚嘆した。

「これ、出汁はエビの頭？」

子供の頃、有頭エビを料理する時、母は頭と殻を煮て出汁を取り、味噌汁にした。このスープの香りで記憶がよみがえった。

「はい」

千歳はにっこり笑って頷いた。

「エビの頭を煮詰めて味噌を出し、もろもろの調味料と合せて味噌ダレを作りました。それを従来のスープで溶いて、このスープが完成します」

二三はそれ以上質問することはなく、ひたすら食べ続けた。麺は鶏塩ラーメンよりは少し太い縮れ麺で、スープとの相性も良い。スープはわずかにゴマ油の風味を感じる。濃厚なのに、少しもしつこくない。美味さだけが口に残り、いくらでも飲めそうだ。

「ああ、美味かった」

まず康平が丼を置いた。スープの最後の一滴まで飲み干してある。

続いて団と皐も食べ終わった。瑠美、三原、二三、梓と続き、最後は一子もきれいに完食した。

「ああ、本当に美味しかった」

平凡な感想だが、そこに込められた気持ちの熱量は、千歳に十分伝わった。

「一子さんが召し上がって、重いとかしつこいとか、そういうことはありませんでしたか?」

「いいえ、ちっとも」

一子はにっこり笑いかけた。

「ご馳走《ちそう》を食べたって感じですよ。鶏塩ラーメンは毎日食べても飽きない味だけど、時にはこんなコクのあるラーメンも良いわね」

「一子さんの感想に尽きると思うけど、一言付け加えさせてもらうなら……」

瑠美が慎重に言葉を続けた。

「取り合せの妙が素晴らしいと思いました。鶏塩ラーメンとエビ味噌ラーメンはまるでタイプが違うけど、脂っこくない、しつこくないという点は共通してる。だから女性や高齢者にも好まれると思うし、同じお店で全然違うラーメンが食べられるっていうのが、すごく嬉しいわ」

「何より、どっちも美味い」

三原が太鼓判を押した。

「ありがとうございます」

千歳の顔は喜びと自信で輝いている。

「ただ一つ、チャーシューは手作りする時間がなくて、信頼できるお店から仕入れてます。いずれは自分で作ろうと思ってるんですが」

「最初から無理は禁物だよ。ラーメンの種類を増やすだけだって、大変なんだから」

団が言った。その顔にも口調にも、千歳を気遣う気持ちがあふれていた。

「そうですよ。まずは鶏塩ラーメンとエビ味噌ラーメンの二刀流に馴れることです。後のことはそれから」

二三は飲食業の先輩として、素直な気持ちで言った。団の言う通り、最初から無理をすると後が続かない。

「新作は、いつからお店に出すんですか？」

皐が尋ねると、千歳は団と素早く視線を交わした。

「本当は新年からって思ってたんです。でも、今日皆さんに褒めていただいたら、なるべく早く出したくなりました。今週は無理でも、来月には何とか」

「それじゃ、うちのお客さんにも宣伝しておきますね」

「ありがとうございます」

千歳はカウンターに座った面々に深々と頭を下げた。


十二月に入った月曜日の朝八時、二三はミニバンに乗って買い出しに出かけた。佃大通りのラーメンちとせの前を通りかかった時、思わずスピードを緩め、停車した。

シャッター一面にスプレーで落書きがされている。いや、落書きではない。「ウソつき」「男狂い」「インラン」「アバズレ」等々、読むに堪えない罵詈雑言《ばりぞうごん》が書かれているのだった。

二三はスマートフォンを取り出し、千歳の番号をタップした。

「千歳さん、今、店の前にいるんだけど、シャッターが落書きでいっぱいなの。もしかして、あの沖田《おきた》って男の仕業かもしれない」

スマートフォンを通して、千歳が息を呑《の》む気配が伝わってきた。

「私、これから買い出しで、三十分くらいで戻ってくる。あなたはとにかく、店の周りに変な奴《やつ》がいないかどうか気を付けて。シャッターは写真に撮って、警察に被害届出した方が良いと思うわ」

時間がないので、手短に注意すべきことを伝えた。

「……分りました。ご迷惑かけてすみません」

「謝らないで。あなたは被害者なのよ」

「ありがとうございます」

千歳の語尾が震えた。

「とにかく、気をしっかり持ってね。うちも出来る限り協力するから、何でも言ってね」

二三は通話を終えると、車をスタートさせた。

千歳には強気なことを言ってしまったが、胸の中は心配でざわついていた。別れた交際相手を惨殺した、凄惨《せいさん》なストーカー殺人事件が思い出される。理性を失い、怨恨《えんこん》と執着だけに凝り固まった人間には、警察も法律も脅威ではない。俗に「無敵の人」と呼ばれる所以《ゆえん》だ。

沖田昌磨《しょうま》は、もしかして未《いま》だに千歳に対する未練を断ち切れずにいるのだろうか。そして執着を募らせ、理性を失いつつあるのだろうか。

もしそうなってしまったら、誰《だれ》も沖田を止められない。

ああ、どうしたらいいんだろう？

良い考えなど浮かぶはずもない。二三は途方に暮れそうで、頭をかきむしりたくなった。

第四話 ● 再会のリゾット

買い出しから戻ってくると、千歳《ちとせ》はすでにシャッターを開けて店に入っていた。二三《ふみ》は車を止め、入り口の戸を開けた。

「千歳さん、大丈夫?」

千歳は振り返った。今着いたばかりらしく、まだパーカーを着たままだ。表情は緊張で少し強張《こわば》ってはいるものの、怯《おび》えは見られない。

「はい。店の中は荒らされてなくて、ホッとしました」

「シャッターの落書き、写真、撮った?」

「はい」

「警察に被害届出すなら、一緒に行ってあげる」

「ありがとうございます。でも、大丈夫です」

千歳は力強く言った。

「店は子供と同じです。親の私が自分で守らなかったら、オーナーの資格ないです」

「その通り」

二三も大きくうなずいた。

「でも、困った時はいつでも相談してね。助力や協力を頼んだからって、あなたの力不足ってことじゃないわ。お互いさま、お陰《かげ》さまの精神よ。私たち、昔からそれでやってきたんだから」

千歳は嬉《うれ》しそうに微笑《ほほえ》んだ。

二三は再び車に乗り、はじめ食堂へ戻った。

「やっぱ、元カレの仕業ですかね？」

出勤してきた皐《さつき》に落書きの件を話すと、不快そうに顔をしかめた。

「分らない。千歳さんも元カレの筆跡かどうか分らないって」

「手で書くのとスプレーで書くのと、違いますよね」

「まだ懲りないのかねえ」

味噌《みそ》汁の具を刻んでいた一子《いちこ》も、眉《まゆ》をひそめた。

「あの男がストーカーになったら厄介よ。怖い事件が起こってるし」

「そこまで骨があるようには見えなかったけどねえ」

一子は包丁の手を止めて、首をかしげた。

「そもそも骨のある男は、ストーカーなんかにならないんじゃないですか」

皐はグリルの網に魚を並べながら言った。今日の焼き魚はホッケの干物だ。とても大きく、半身で一人前になるのでありがたい。

二三は研ぎ終わった米を五升炊きの釜《かま》にあけ、ガス台に載せた。水道をひねって容器に水を溜《た》め、釜に入れる。米と水の量は一対一。タイマーのメモリは三十分。ベルが鳴ったら点火する。

米を研いでいると、軽い手触りがずしりと重くなってゆく。家庭用の炊飯器では量が少なくてあまり分らないが、初めてはじめ食堂で米を研いだ時、二三は米の吸水力に感動したものだ。

「骨っていうのかねえ。そこまで一人の女に執着するには、やっぱり粘着力が要るでしょ。凝り固まる力っていうか。どうも、あの男にはそれが感じられなかったんだよねえ」

一子は煮魚の鍋《なべ》に日本酒を入れた。今日の煮魚はサバ味噌と人気を二分する赤魚だ。

「まあ、まずは誰《だれ》がやったか、犯人を見つけないと」

二三はオーブンの予熱を開始した。今日の日替わり定食は豆腐ハンバーグと大根バター醤油《じょうゆ》。大根バター醤油は下ごしらえをしておいてはその場で仕上げるが、ハンバーグはあらかじめ焼いて、保温しておく。

ちなみに小鉢はひじきの煮物と利休揚《りきゅうあ》げ。利休揚げが有料だ。

「でも、警察がいたずら書きの犯人なんて、見つけてくれるかしら。被害届受理して、あとはほったらかしじゃないですか」

皐がグリルを覗《のぞ》きながら言った。

「監視カメラ仕掛けたらどうかしら。確たる証拠があれば、警察も動いてくれると思うんだけど」

二三はすり鉢でつぶした豆腐に、鶏《とり》のひき肉と卵とミックスベジタブル、片栗粉《かたくりこ》、塩胡《こ》椒《しょう》を加えて手でこねた。これを成形して焼き上げ、提供する時には生姜風味の餡《あん》をかける。ヘルシーで女性に人気のメニューだ。

「ふみちゃんは、犯人がこれからも嫌がらせを続けると思う?」

一子が味噌汁用の鍋に大根の千切りを入れながら訊《き》いた。今日の具は大根と油揚げだ。

「分らないけど、用心に越したことはないでしょ。何しろ、千歳さんの店は女一人だから」

「それなら、ダミーを入れてカメラを二台つけると良いらしいですよ。カメラが二台あると、死角がないと思って、犯行を諦《あきら》める例もあるって。防犯アドバイザーが言ってました」

皐はグリルの網を引っ張り出し、ホッケの裏表をひっくり返した。はじめ食堂のグリルは年代物で、火口は天井にしかない。

しゃべりながら仕込みを続けるうちに、タイマーが鳴った。

二三は五升炊きの釜のガスに点火して、再びタイマーをセットした。炊飯に十五分、蒸らしに十五分。ガスは自動で止まるので、合わせて三十分。再びタイマーが鳴るまでに他の作業をすべて終わらせておかないと、開店までバタバタになる。

二三も一子も皐も作業のスピードを上げ、ラストスパートに入った。


「おばちゃん、土曜日にちとせの新作、喰《く》ってきたよ」

ご常連のサラリーマンが、千円札を差し出して言った。

「たまたま用事でこっちに来たから、思い切って行列して」

「どうだった?」

「いや〜、美味《うま》かったよ。エビ味噌、最高だね」

サラリーマンは釣り銭を財布にしまいながら答えた。

「私も食べたけど、鶏塩と甲乙つけがたいわ。どっちも美味《おい》しい」

「普段の日に食べられないのが玉に瑕《きず》だな。こちとら行列で時間取るわけにいかないしさ」

サラリーマンが手にしたマフラーを首に巻いて出て行った。

会社勤めの人間は決まった休み時間の中で昼食をとらなくてはならないので、待ち時間の読めない店には入りたがらない。お陰でラーメンちとせに行列ができても、はじめ食堂のお客さんが減ることはなかった。

それでもちとせの評判に惹《ひ》かれて行列に加わるご常連もいれば、しびれを切らせて行列を離れ、はじめ食堂に入ってくる一見《いちげん》のお客さんもいて、二つの店はウィンウィンの関係が続いていた。

十二月に入って、風の冷たい日が増えた。これからコートを着て来店するお客さんが多くなり、ダウンジャケットのお客さんも増える。着ぶくれたお客さんがいるだけで、同じ店が夏より狭く感じられるのはちょっと楽しい。

一時になるとお客さんの波は引いてゆき、空席が目立つ頃《ころ》に野田梓《のだあずさ》と三原茂之《みはらしげゆき》が訪れる。二人はゆっくりランチを楽しんで、二時十分前には引き上げる。それからがはじめ食堂の賄いタイムだ。

「こんにちは～！」

にぎやかな声を響かせて、モニカとジョリーンが来店した。ショーパブ「風鈴《ふうりん》」で皐と仲の良かった元同僚だ。二人に続いて赤目万里《あかめばんり》も入ってきた。

「ああ、俺《おれ》、今日は朝から豆腐ハンバーグ喰いたかったんだよね。そしたら日替わりバッチリじゃん。何か、ラッキーな予感がする」

「豆腐ハンバーグで万里君のハートが摑《つか》めるなら、毎日奢《おご》っちゃうわよ」

ジョリーンがしなを作り、モニカが睨《にら》む真似《まね》をした。

月曜日は万里に加えてモニカとジョリーンも賄いタイムに訪れるので、はじめ食堂は賑《にぎ》やかになる。おかずもご飯もバイキング形式で、食べ放題だ。三人とも軽口を叩《たた》きながらも、テーブルをくっつけたり料理を並べたりと、甲斐甲斐《かいがい》しく配膳《はいぜん》の手伝いをする。

「ねえ、ラーメンちとせ、どんな様子だった？」

「普通。相変わらず行列してたよ。まだラストスープ券は配られてなかった」

ラーメンちとせはスープがなくなり次第終了するので、千歳はいつも寸胴《ずんどう》の中身と行列を見比べて、最後になりそうな人に券を渡している。

二三と一子と皐は素早く視線を交わした。どうやら千歳もアクシデントを乗り越えて、本日も無事に営業を終えられそうだ。まずは良かった。

何も知らない万里たちは、好みの料理を取り分けながら、ラーメン談義を始めていた。

「あたしもあの店は行ってみたいけど、いつも行列してるじゃない。あれ見るとめげるわ」

「あたし、ラーメン食べたくなるのって、仕事の後なのよね。あの店、スープなくなり次第閉店でしょ。無理」

モニカが残念そうに首を振った。

「六本木《ろっぽんぎ》は遅くまでやってるラーメン屋、多いよね」

「うん。でも気に入った味にはなかなか出会えなくて」

「だからって、わざわざ遠くまで行くのも違うような気がする」

ジョリーンが赤魚の身を骨から剝《は》がして言った。

「ラーメンとかお蕎麦《そば》って、普段着のイメージなのよね。近所の店にふらっと入って食べるもんで、ガイドブック片手に行列するって、どうなのかしら」

「ジョリーンさん、気が合うわねえ。あたしも常々そう思ってたのよ」

味噌汁の椀《わん》を片手に、一子は大きくうなずいた。

「あたしが若い頃はお寿司《すし》も同じ、そんなハードルが高い食べもんじゃなかったわ。それがいつの間にか、目の玉の飛び出るような値段の店が増えて」

「あった、あった、バブルの頃。味は二流なのに値段だけ一流でさ」

京菜の糠漬《ぬかづ》けを箸《はし》でつまんで二三も言った。

「あの頃は経費じゃぶじゃぶ使えたから何とも思わなかったけど、今なら絶対行かない」

二三は夫の高《たかし》の存命中は、大東《だいとう》デパートの婦人服バイヤーとして鳴らしたキャリアウーマンだった。

「だから回転寿司が増えたのは、もっともだと思うわ。明朗会計で安心だもん」

良質のネタを揃《そろ》えている回転寿司店も少なくないが、皿の種類で値段が分るので、何を食べても不安がない。

「俺、物心ついてから、回ってない寿司屋って行ったことない」

「回ってる店じゃないと、ケーキやラーメンは出ないもんね」

二三は軽くまぜっかえした。万里はシラスからマグロまで、尾頭付きの魚が一切食べられなかったが、今は努力で克服しつつある。しかし甲殻類や魚卵、白子、肝など、高い寿司ネタは昔から大好物だ。

「お寿司に関しては、日本は健全な状態に戻ったと思うわ。二流の店は回転寿司に淘汰《とうた》されたわけだし」

「ただ俺、蕎麦やラーメンなら行列しても良いと思う」

万里は大根バター醤油を頬張《ほおば》った。

「だって、単価安いもん。一杯千円前後でしょ。だからラーメン屋の親父《おやじ》が感じ悪くても、許すことにした」

「でも、高級なお寿司屋も大変みたいよ」

皐は思い出す顔で口を開いた。

「昔お客さんに連れてってもらった店は、カウンター七席で、一日一回転。客単価一人三万としても、仕入れとテナント料が高いから、差し引きどのくらい残るのかしら。そこはご夫婦でやってたけど、従業員を雇ってる店は、もっと大変よね」

「どこも大変だねえ」

一子がしみじみと言った。

「ま、楽して稼いでる店はないってことよね」

二三は相槌《あいづち》を打って、ほうじ茶をすすった。


四時半が近づくと、二三は休憩を終えて二階の茶の間から一階の食堂へと降りる。

今日は午後営業の支度にとりかかる前に、戸を開けて表に出た。ラーメンちとせの方を見ると、千歳と松原団《まつばらだん》の姿が見えた。

二人ともマスクとゴーグルを装着し、モップを手にシャッターを掃除していた。

「大変ですね」

二人は手を止めて二三を振り返った。

「団さんに電話したら、来てくれて」

足元にはモップ用のバケツとスプレー容器が置いてある。

「落書きを落とす溶剤です。ホームセンターで売ってます。それだけ需要が多いってことなんですね」

団はシャッターを指さした。落書きはすでに七割方消えていた。

「作業終わったら、お店に伺います。動いたら腹減ってきた」

「私も」

千歳は明るい笑顔を見せた。不安や怯えが感じられないのは、団がそばにいて力を貸してくれるせいだろうか。

「お待ちしてます。最初の一杯は店から奢りますからね」

二三も笑顔で言って、はじめ食堂に戻った。


団と千歳は、その日の口開けのお客になった。二人はテーブル席で差し向かいになった。

「お飲み物は?」

おしぼりとお通しを運んで行った皐が、注文を尋ねた。今日のお通しは昼間の小鉢、利休揚げだ。

「小生《しょうなま》ください。喉《のど》、渇いちゃった」

「私も小生」

二三は皐に目で合図して、テーブルに生ビールを持って行った。二人が乾杯してジョッキを置いたところで、口を切った。

「千歳さん、これからどうする? 防犯カメラでも仕掛ける?」

千歳は答を求めるように団を見た。

「僕は、少し様子を見てからの方が良いと思うんです。今はまだ、一回限りのいたずらか、これからも続くのか、分らないので」

確かにその通りだった。それにボヤの後の修繕工事などで、千歳には想定外の出費もあっただろう。

「そうね。それと、一つ訊きたかったんだけど、千歳さん、お店のレジにお金残してある？」

千歳は言葉の意味を測りかね、首をかしげた。

「あのね、うちみたいな住居兼店舗の店より、夜は人のいなくなる店の方が泥棒に狙《ねら》われやすいでしょ。だから、ご苦労賃に五万円くらい置いとく方が良いのよ」

「それって、泥棒のご苦労賃ですか？」

二三は大きくうなずいた。

「私が通ってる美容院の店長さんから聞いたの。その美容院が入ってるビル、管理人も常駐してなくて、テナントが閉まると完全に無人になるんですって。だから用心のために、いつもレジの中に五万円用意してあるって」

泥棒も、せっかく侵入したのに金目のものが見当たらないと、腹いせに店を荒らしたり、器物を破損したりする。最悪の場合は証拠隠滅を兼ねて放火に及びかねない。

「でも目の前に五万円あれば、それで諦めて出て行くかもしれない。だからレジに鍵《かぎ》もかけないんですって。壊されたら連動してるパソコンまで壊れて、お客様のデータがダメになっちゃうから。五万円で済めば、その方が被害が少ないって」

もちろん保険には入っているから、被害は補償される。しかし、店の修復が終わるまでは休業を強いられる。その分の損害は補償してもらえない。

「ちっとも知りませんでした」

千歳は「息を呑《の》む」という顔になっていた。

「私が働いていた店は六本木で、夜中の一時まで営業してましたし、同じビルには終夜営業の店も入ってました。だから今まで全然、考えたこともなくて」

「僕も初めて聞きました。そういう自衛策があるなんて」

団も目を丸くしていた。

「私も最初その話を聞いた時は驚いたけど、考えてみれば理にかなってるわ。商売人の知恵って、すごい」

はたで聞いていた皐も言葉を添えた。

「きっと、同じ対策をしている店は他にもあるんだろうな」

千歳はおもむろに立ち上がった。

「私、レジにお金入れてくる。団さん、注文しといてくれる?」

「いいよ」

団は気軽に答え、千歳は小走りに店を出て行った。ラーメンちとせははじめ食堂の並びだから、五分もあれば戻ってくるだろう。

「え〜と。タタキ長芋の明太子《めんたいこ》和《あ》えとマッシュルームのアヒージョ、茹《ゆ》で卵とホウレン草のグラタンください」

　団はざっとメニューを見てすぐに注文を告げた。すべて野菜を使った料理なのは、青果店主らしい選択だ。

「お姑《かあ》さん、タタキ長芋もお願い」

　二三はカウンターを振り返って声をかけ、団に向き直った。

「あのね、余計なことを言うようだけど、もしかしたら落書きの犯人、千歳さんの元の交際相手かも知れない」

　団は静かに頷《うなず》いた。その可能性はとうに考えていたのだろう。

「警察に相談した方が良くない？」

「被害届は出すそうです。ただ、元カレのことははっきりしたわけじゃないので、言いにくいと思います」

　それからきっぱりとした口調で先を続けた。

「明日から、帰りはうちの車で家まで送ります。だいたい店が終わるのは二時半くらいだから、僕の仕事終わりと近いし」

「良かった。それなら安心ね」

　団は毎日野菜の積み下ろしをしているから、筋肉はしっかりしている。沖田《おきた》は優男だったから、腕力では団が上に違いない。

二三は勝手に判断して、厨房《ちゅうぼう》へ戻ると、入れ違いに千歳が帰ってきた。

「泥棒、来てた？」

「間一髪、間に合ったみたい」

団と千歳は軽口を交わし、もう一度乾杯した。そんな二人は二三にはとてもお似合いに見える。

「はい、さっちゃん」

一子がタタキ長芋の明太子和えの器をカウンターに置いた。皐はすぐにテーブルに運んだ。

皮を剝《む》いた長芋をビニール袋に入れて叩くと、いい具合に砕けてとろみが出る。ボウルにあけて薄皮をとった明太子、麵《めん》つゆを加えて混ぜる。器に盛って刻んだ小ネギを散らせば出来上がり。簡単だが酒のつまみとして抜群に合う。

「これ、美味しい」

「この長芋、うちが持ってきたやつ」

「道理で」

笑みを浮かべる千歳には、まったく憂いの影はない。この笑顔が曇らないようにと、二三は祈るような気持ちで思う。

その時、入り口の戸が開き、「コンニチワ」という外国訛《なま》りのイントネーションの声がした。続いて、長身をかがめるようにして鴨居《かもい》を潜《くぐ》り、アフリカ系の男性が二人、入ってきた。

普段、はじめ食堂に外国人のお客が来ることなどないので、皐も団も千歳もびっくりして二人を凝視した。

一方、二三はたちまち笑顔になり、カウンターから飛び出した。

「ケイタ、アラン！　ロングタイム（久しぶり）！」

「オー、フミ、マダムイチコ、グッド・トゥー・シーユー・アゲイン（また会えて良かった）！」

二三はカウンターを振り返った。

「お姑さん、ケイタとアランよ。覚えてる？」

「もちろんよ。初めての外国からのお客さんだものね」

一子もカウンターから出てきて二三の横に立ち、二人とそれぞれ握手を交わした。皐と団、千歳は呆気《あっけ》にとられた顔で、その様子を眺めている。二三は三人に向かって両手を広げた。

「皆さん、紹介します。ケイタ・マネさんとアラン・サールさん。お二人ともセネガル系フランス人で、前にお客さんとしてはじめ食堂に来てくださったのよ」

「あれは三年……いや、コロナの前だからもっとになるかねえ」

ケイタは雑誌記者、アランはエンジニア。二人ともわりと知日家で、寿司が大好物だと言っていた。そして、ムスリムだった。二三も一子もイスラム教徒と身近に接したのは初めてで、良い思い出になっている。

「この前来た時は秋だった。本当は翌々年の夏、オリンピックの東京に来るつもりだったのに……」

アランが残念そうに言った。

相変わらず二人ともイケメンで、服装もラフだが洗練されていた。

今度はケイタが口を開いた。

「僕は一年遅れのオリンピックの取材で、日本に来ることはできたんだけど……」

しかし、コロナ禍で行動は制限されていて、街中を自由に歩くことはできなかった。

「僕はまた、このダイナーに来たかった。友達も連れてきたかった。それが叶《かな》わず、とても残念だった」

ケイタは両手を広げて首を振った。

「でも、やっとまた来ることが出来て、嬉しいよ。ここの料理はみんな美味しかった」

アランはそう言って店の中を見回し、皐に目を止めた。

「フミ、この美しいマドモアゼルはだれ？　前に来た時はいなかったけど」

「彼女はマドモアゼル・サツキ。このダイナーの新しいメンバーで、去年から働いているの」

「彼女のいる時に来られて、僕たちはラッキーだったね」

アランとケイタは嬉しそうに微笑んで、皐にウインクした。皐もにっこり笑ってテーブル席を指し示した。

「プリーズ・チューズ・エニィテーブル・ユー・ライク」

「サンキュー」

ケイタとアランが四人掛けのテーブルに腰を下ろすと、飲み物の注文を尋ねた。

「ウッヂュ・ライク・サムシング・トゥー・ドリンク？」

「グリーンティー、プリーズ」

「ホット・オア・コールド？」

「ホット・トゥー、プリーズ」

「サンキュー」

皐はカウンターへ引き返すと、出来上がったマッシュルームのアヒージョを、団と千歳のテーブルに運んできた。オリーブオイルで熱せられたガーリックの香りが店内に漂い、ケイタとアランは鼻をヒクヒクさせて、胸いっぱいに香りを吸い込んだ。

「すごいな。二三さんも皐さんも、英語分るんだ」

団は皐に尊敬の眼差《まなざ》しを向けた。

「二三さんは食堂で働く前、大東デパートのバイヤーで、外国との取引もやってたし、海外出張も多かったの。だから外国人に話しかけられても、全然萎縮《いしゅく》しないのよね」

「でも、皐さんも堂に入ってたよ」

「私はショーパブで働いてたお陰。仲間にフィリピン人のダンサーが大勢いたし、外国人のお客さんも来てたし」

皐は空いた皿を盆に下げ「冷めないうちにどうぞ」と言ってカウンターに戻った。

団はふと思いついたように訊いた。

「千歳さんの働いてたお店、六本木でしょ。外国のお客さん、来てた？」

「うん。特にコロナの前は多かった」

「英語で接客とかした？」

「私は厨房担当だからなかったけど、接客担当の子は、最低限の接客英語は勉強してたわ」

「ラーメン、今や国際的だもんな」

「『めんや吟次《ぎんじ》』はラーメン専門だから、言葉の種類もそんなに必要ないの。だから聞いてるうちに、だいたい覚えたわ」

めんや吟次は英語併記の食券機を使用していたので、店員が注文を訊く必要はなかった。

それでもラーメンの内容について尋ねられたら、答えられるように指導された。

「あとは『何名様ですか』『こちらのお席にどうぞ』とか」

「ふうん」

「でも、門前の小僧で覚えといてよかった。これからうちの店にも外国人のお客さんが来るかもしれないし」

「そうだよね。佃《つくだ》は築地《つきじ》からも近いし」

魚河岸と場内市場は豊洲《とよす》に移転したが、場外市場はまだ残っていて、外国人観光客も訪れている。

二三は温かいお茶をケイタとアランの前に置いて、料理の説明を始めた。前回もメニューは「お任せ」だった。

「今日のお勧めはラムのフライです。こちらをメインに、メニューを組み立てましょうか？」

「おお、それはありがたい、是非！」

ケイタもアランも、期待で目を輝かせている。

「まずはチャイニーズ・ヤムと明太子……スパイシー・フィッシュ・エッグスのサラダ」

「明太子、美味しいよね。おにぎり、大好き」

明太子を知っているなら話は早い。

「マッシュルームのアヒージョ、エッグとスピナッチのグラタン」

どちらも西洋料理なので、二人とも大きく頷いた。

「そしてメインのラムは、串《くし》に刺して揚げます。ヤキトリは知っていますか？」

「うん。パリの日本料理店で食べたことがある」

「ラム肉をあれくらいの大きさにカットして、串に刺した状態でフライにします。ラムチョップとは少し違いますが、日本では昔からある料理で、クシカツと言います」

二人とも興味深そうに聞いている。

「そして、最後にオイスターのポトフを召し上がりませんか？」

フランス人なので鍋料理はポトフと言えば分りやすい。

「グレイテッド・ラディッシュ（大根おろし）を入れたスープでオイスターと野菜をさっと煮て食べます。とても温まる、冬にはぴったりの料理ですよ」

「それは是非、食べてみたい。前回はシーズン前で、オイスターは食べられなかった。それに、フランスではオイスターはほとんど生で食べるので、それ以外の料理はあまり知らないんだ」

「ネットで調べたら、日本には焼いたり揚げたりグラタンにしたり、熱を加えた色んなオイスター料理があるよね。でも、そのホットポットは初めて聞いた」

ケイタとアランは「牡蠣《かき》のみぞれ鍋」に早くも興味津々のようだ。

「もしお腹《なか》に余裕があったら、残ったスープでヌードルかリゾットを作りますよ」

「ワオ」

二人は同時に歓声を上げた。

その間に、一子はタタキ長芋の明太子和えを完成させていた。皐が料理と取り皿をテーブルに運んだ。

ケイタとアランはじっと皿を見つめた。長芋は初体験らしい。箸を伸ばし、慎重に口に運んだが、すぐに口元はほころんだ。

「デリシャス！」

「不思議な食感だけど、明太子とよく合う」

二人とも器用に箸を動かしながら、長芋の明太子和えを食べている。二三は最初から口に合うだろうと思っていた。

今や世界で通用する日本食はスキヤキとスシとテンプラだけではない。コロナ禍の前、築地場外ではおにぎりを片手に散策する外国人観光客の姿をよく見かけたものだ。ラーメン店のみならず、立ち食いそばの店にも外国人観光客が訪れていたし、東京各地のディープな飲み屋街も人気があるという。

「日本人が食べて普通に美味しいと思う料理は、外国の人にも受け入れられるんだと思うわ」

厨房に戻った二三は一子に耳打ちした。

「本当に世の中、変わったねえ。昔は、外国人は梅干と納豆と味噌汁は食べられないって言われてたのに」

一子は以前と同じ感慨を漏らした。もちろん、その裏側には喜びがある。誰だって、自分が慣れ親しんだ食べ物を、他人にも美味しいと思ってほしいと願うものだ。まして外国の人にも受け入れられたら、嬉しくないわけがない。

「団さん、ラムの串カツと牡蠣のみぞれ鍋、どっちにする？」

出来立てのグラタンを皿に取り分けながら、千歳が尋ねた。

「そうだなあ……。皐さん、串カツって何本から？」

「一本でも大丈夫よ。でも、焼き鳥くらいの大きさだから、そんなにお腹に溜まらないと思うけど」

「じゃあ、二本ください。その後で牡蠣のみぞれ鍋」

「はあい、ありがとうございます」

千歳が空になったジョッキを挙げた。

「生ビール、お代わりお願いします」

アヒージョにグラタンと、熱々の料理が続いたので、冷たい生ビールが進む。

ケイタとアランの分のアヒージョも出来上がった。

皐は気を利かせて、料理と一緒に氷を入れた水のジョッキを持って行った。

「ジャスト・ヘルプ・ユアセルフ」

「サンキュー・ソーマッチ」

二人ともそろそろと熱いマッシュルームを口に入れ、飲み込むと同時に冷たい水で舌を冷やした。

グラタンのホワイトソースは作り置きだが、ホウレン草は注文が入るたびにバターで炒《いた》める。グラタン皿に入れて半分に切った茹で卵を載せ、ソースをたっぷりかけたら粉チーズを振り、オーブンへ。二百度で予熱しておけば五分でこんがり焼き上がる。

「グラタンと言えばマカロニって思ってたけど、これ食べたら、マカロニ要らないって思っちゃった」

千歳がグラタンをフォークに載せながら言った。

「うん。ホウレン草と卵とホワイトソース、めちゃ合うよね」

二三はラムの串カツにとりかかった。昼間の定食で出す時は、ラムは大ぶりに切ってパプリカと交互に刺すのだが、夜の串カツは焼き鳥と同じく、小ぶりに切って肉だけを刺す。そうしないと串カツだけでお腹いっぱいになってしまう。

羊肉と鶏肉は、ほとんどの宗教の食物タブーを免れている。おそらく、最も厳しい自然環境の中でも飼育できる動物だからだろう。羊肉と鶏肉を禁じたら、砂漠の民はタンパク質を補給できない。イスラム教が豚肉食を禁じているのは、元々中東の家畜に豚が少なかったからではあるまいか。

ラム肉に塩胡椒を振りながら、二三はそんなことを考えた。

油を張った鍋に衣を付けたラム串を入れると、小気味よい音がはじけ、周囲に細かな泡が浮かぶ。身が小さいので火の通りも早い。音が静かになり、泡の出方が控えめになったら一丁揚がりだ。

千切りキャベツを添えた皿に串を盛り、カウンターに置くと皐がテーブルに運んだ。

「このままでも美味しいけど、お好みでどうぞ」

ソースの小皿を一緒に出した。

「とんかつソースとケチャップとマスタードとタバスコを混ぜてあるの。つけすぎると辛いから気を付けてね」

団も千歳も、最初は何もつけずにラムの串カツを頬張った。

「イケるね。ラム、カツに向いてるよ」

「パン粉焼きが美味しいなら、カツも美味しいはずだもん」

次はソースをつけて豪快に齧《かじ》り、生ビールのジョッキを傾けた。

「私、ラムをラーメンに使えないかと思って」

上唇についた泡を手の甲で拭《ぬぐ》って、千歳が言った。

「チャーシューの代わりに？」

「まあ、使い方としてはそうなるわね。トッピングで」

団は頷くと、串に残った最後の一切れを、齧り取った。

「ラム肉をどうやって調理したら一番ラーメンに合うか、まだ全然考えてないんだけどね」

「豚肉じゃダメなの？」

「そんなことない。チャーシューには長年ラーメンと組んできた歴史があるもん。多分、一番合うトッピングだと思う。ただ……」

千歳も最後の一切れを串から齧り取った。

「最近、羊人気高いのよ。高タンパク低カロリーで、コレステロールも少なくて、ビタミンBが豊富で、ヘルシーだって。特に女子人気高し。ジンギスカン屋さん、増えてるでしょ？」

「そうだっけ？」

団はわずかに首をかしげた。

「それと、外国人のお客さんで、イスラム教の方がいるでしょ。彼らは豚がダメなのよ。でも、ラムは大丈夫」

千歳はケイタとアランの方をちらりと見た。

二人のもとにもラムの串カツが運ばれたところだ。皐が「ソースがベリースパイシーなので、つけすぎないで」と説明している。

「まだ、本格的なラムラーメンを出している店はないの。子羊の骨と豚骨を混ぜて出汁《だし》取ってる店はあるけど、それじゃイスラム教の人は食べられないよね」

「日本初を狙ってるんだ」

「うん。でも、まだ先の話。今は鶏塩とエビ味噌で手いっぱい」

団は黙って大きくうなずいた。ラーメンについて語る千歳の頭の中では、シャッターにいたずら書きをされた事件のことなど、もう跡形もなく吹き飛んでいるのが伝わってきた。

「デリシャス！」

ラムの串カツを食べたアランが皐に言った。

「日本はラムを出す店が少ないよね。フランスではラムはほとんどの店のメニューに載っている。煮込み、グリル、ソテー、低温調理、パイ包み焼き……調理法も様々だ」

「アショアっていう郷土料理があるんだ。ミンチにしたラムと細かく刻んだ野菜をオリーブオイルで炒めて煮込む簡単な料理だけど、スパイスが効いてて、美味いんだ」

皐はラム肉のミンチと聞いて、ピンときた。

「ラムのハンバーグ、美味しいですね、きっと」

ハンバーグと言ってから、皐は日本のハンバーグは合いびき肉を使うことが多いことに思い至った。

「ハンバーグは食べますか？」

「パリではよく食べたよ。ハラールのハンバーガーを売ってるから」

「日本では食べましたか？」

「ビーフ百パーセントの店で食べた。柔らかくてジューシーで、とても美味しかった」

それを聞いて皐は少し安心した。

「さっちゃん、団さんのテーブルのお鍋、上がるわよ」

二三の声に、皐は団と千歳のテーブルに近寄った。

「次の料理、お酒、どうなさる？」

団と千歳は一瞬顔を見合わせたが、団はすぐにカウンターに向かって片手を挙げた。

「二三さん、お酒、何が良いですか？」

「今日は雪《ゆき》の茅舎《ぼうしゃ》がお勧め。鍋料理にピッタリだし、岩牡蠣や白子ともよく合うのよ」

すかさず答えたフレーズは、辰浪康平《たつなみこうへい》の受け売りだ。専門家の言うことに間違いはない。

「じゃあ、それ、冷《ひや》で二合ください」

注文を告げると、まずは雪の茅舎のデカンタとグラスが運ばれ、次に鍋が運ばれてきた。

はじめ食堂では完成した鍋を出しているので、蓋《ふた》を取ると盛大に湯気が立つ。

「お好みで絞って召し上がれ」

小皿にはくし形に切った柚子《ゆず》が載っていた。

「シメは雑炊《ぞうすい》、うどん、素麵《そうめん》から選んでください」

「いっただっきま〜す！」

二人は同時にレンゲを鍋に入れて中身をすくった。

みぞれ鍋の作り方もいたって簡単だ。出汁でネギを煮て、柔らかくなったら牡蠣を入れ、最後に表面を覆うように大根おろしを広げ、蓋をする。出汁を使わず、ぽん酢で食べるのも美味しい。

海のミルクと言われる濃厚な牡蠣が、さっぱりした大根おろしと一緒だと、いくつでも食べられる。消化が良くて体も温まる。

「これって、冬の楽しみね」

「うん。牡蠣フライも大好きだけど、あれはご飯のおかず、これは酒のつまみって感じかな」

ケイタとアランも鍋が気になるのか、ラムカツの串を片手に、ちらりと視線を投げてくる。

「サツキ、一つ訊きたいんだけど」

冷たいお茶を追加オーダーしたアランが言った。

「ムスリムでも食べられるラーメンの店を知らないかな？」

「え〜と、スープとトッピングにポークを使ってないラーメンね？」

二人は同時に頷いた。

「前に来日した時は、友人からハラールの店を二軒紹介してもらった。東京駅の店と新宿御苑《ぎょえん》の店。そこ以外で、何処《どこ》かないかな」

「パリにもラーメン店はあって、僕たちもファンなんだ。ムスリムやヴィーガン用のラーメンがあるから、安心して食べられる。でも、日本ではどの店が豚を使っているのか分らないから、知らない店には入れないんだ」

「はっきりトンコツと書いてあれば分るけど、店によっては魚介スープと豚骨スープを混ぜたりするよね。ダブルスープとか、トリプルスープとかいう……。それが困るんだ」

二人は少し早口になったので、皐は正確に聞き取ることが出来なかった。しかし、話の中身はおよそ理解できた。皐はカウンターを振り向いて二三に声をかけた。

「お二人に千歳さんのラーメンを説明してくれませんか？　私にはちょっと難しいので」

「ＯＫ」

二三はカウンターから出てきて、皐と交代してテーブルの脇《わき》に立った。

「あのテーブルのマドモアゼルは、ラーメンショップのオーナーシェフです」

ケイタとアランは「おお」と驚きの声を上げた。千歳は小柄で可愛《かわい》らしく、日本人が見ても三十代とは思えない。フランス人が見たら中学生くらいに見えるのかもしれない。

「彼女の店のラーメンは二種類で、鶏とエビです。どちらも豚の肉や骨は一切使っていません。ムスリムの方も安心して食べられます」

二人はフランス語で二、三言葉を交わした。いくらか興奮気味で早口だったが、すぐにゆっくりした英語に切り替えた。

「それは素晴らしい。特にエビのラーメンに興味を引かれます。まだ食べたことのない味です」

「彼女の店はどこですか？」

「この通りの五軒先です。帰りに清澄《きよすみ》通りに出るなら、店の前を通りますよ。シャッターは閉まっていますが、看板にラーメンの字が書いてあります」

二三はテーブルに置いた紙ナプキンを一枚取り、前掛けのポケットからボールペンを出して「ラーメン」の字を大書した。二人ともその文字に見覚えがあるようだ。

「ああ、パリのラーメン店も、同じ字があります」

二三はそこで「欧米人のように」両手を広げて首を振った。

「でも、彼女の店はとても人気があります。店の前で並ばなくてはなりません。営業時間はイレヴンオクロックからサーティンオクロック。でも、途中でスープが尽きたらクローズします」

ちょっと間を置いて、芝居がかった声で言った。

「あなた方はこの困難を乗り越えて、彼女の作るエビラーメンを食べる覚悟はありますか？」

「シュア！」

二人は同時に返事した。

「パリでも人気のラーメン店の前は行列だよ」

「オリンピックで日本に来た時は、残念だけどラーメンは食べられなかったんだ。だから今度こそ、本場の日本でラーメンが食べたい」

「それでは明日、遅くとも十二時には店の前に並ぶことをお勧めします。頑張って三十分待てば、必ずエビラーメンを食べられます」

「アリガトウ、フミ」

二人がにっこり微笑んだところで、二三は千歳に言った。

「というわけで、明日のお昼、このお二人がお店にいらっしゃいますので、どうぞよろしく」

千歳は椅子《いす》から立ち上がり、二人のテーブルに向かって頭を下げた。

「ありがとうございます。お待ちしています」

その時、カウンターの中から一子が呼び掛けた。

「ふみちゃん、ケイタさんたちのみぞれ鍋、出来ましたよ」

「はあい」

二三はテーブルに鍋敷きを置き、皐がその上に鍋を載せた。

「まさにオイスターのポトフだね」

アランはふっくら煮えた牡蠣を小皿に取り、目を細めて呟《つぶや》いた。

二人は牡蠣を口に入れ、ゆっくりと味わった。その顔に「美味しい」と書いてある。二つ目の牡蠣には柚子を絞って口に運んだ。それから同時に親指をぐいと立ててみせた。

「デリシャス！」

一方のテーブルでは、団と千歳がそろそろ鍋を食べ終わるところだった。雪の茅舎のデカンタも空になっている。

「シメ、どうする？」

「私、やっぱり雑炊にする」

団が空になったグラスを掲げ、皐に声をかけた。

「お代わり、一合ください。それと、シメは雑炊でお願いします」

皐は雪の茅舎のお代わりを運んでいくと、代わりに鍋を持って帰ってきた。

牡蠣鍋の余った汁にご飯を入れ、火にかける。煮たったら味を見て、薄いようなら麺つゆか出汁醤油を少し垂らし、溶き卵を回し入れる。卵が半熟になったら三つ葉を散らし、蓋をして火を止める。

「お待たせしました」

皐は鍋をテーブルに置くと、蓋を取った。立ち上る湯気に、かすかに三つ葉の爽《さわ》やかな香りが混ざっている。

団と千歳は早速器に雑炊を取り分け、レンゲを手にした。

「牡蠣の出汁が出てる……」

一口すすって、千歳はため息交じりに呟いた。

「鍋の後の雑炊って、最高だよね」

団もふうふう息を吹きかけながら、雑炊を口に運ぶ。鍋と雑炊の熱気で、鼻の頭にかすかに汗が浮かんでいる。

ケイタとアランは牡蠣のみぞれ鍋に舌鼓を打ちながらも、興味津々で牡蠣雑炊に目を遣《や》った。

「あれはリゾットだよね」

「うん。ヌードルとどっちが良いかな」

「そう言えばまだ日本でリゾットを食べていない」

「でも、ウドンも良いよ。オペラ座のクニトラ、ルーブルのサヌキヤに行ったけど……」

「僕はシャンゼリゼのキシンが一番だな」

国虎屋《くにとらや》、さぬき家《や》、喜心《きしん》はいずれもパリに店を構えるうどん店で、行列ができるほど人気がある。その味は日本の名店と比べても遜色《そんしょく》ないという評判だ。

ケイタとアランは日本料理の蘊蓄《うんちく》を傾けつつ検討を重ねたが、なかなか結論に至らない。とうとう鍋を食べ終え、ついに降参して皐を呼んだ。

「サツキ、ポトフの後はリゾットとヌードル、どっちが良い?」

「そう言われてもねえ……」

どっちとも言えないのが本音なので、皐はカウンターを振り向いて二三を呼んだ。

二三は二人のテーブルの脇に立って、慎重に言葉を選んで説明を始めた。

「リゾットの場合は、今の味を踏襲します。ヌードルは二種類あって、イナニワはスパゲッティくらいの太さ、ソーメンはカッペリーニの太さです。イナニワはリゾットと同じ味、ソーメンも同じですが、途中でセサミオイルとチリソースを垂らすと、少しスパイシーで、エスニックな味になります」

言うまでもないがはじめ食堂のイナニワは、あくまで《稲庭《いなにわ》風》うどんである。

ケイタとアランはまたしても顔を見合わせ、フランス語で何やら相談を始めた。この分ではおそらく、永遠に結論は出ないだろう。

「アイ・レコメンド・リゾット!」

二三が声を張り上げると、二人は口を閉じて注目した。

「世界的なイタリアンのシェフは言いました。日本の米に出会うと、料理人はみんなリゾットを作りたくなる、と。だからあなた方も、どうぞ日本のリゾットを召し上がってください」

二人とも嬉しそうに頷いた。もしかしたら、誰かに決めてほしかったのかもしれない。

「それでは、リゾットをお作りします」

二三は鍋を持って、厨房に引き返した。

出来上がった雑炊は、ケイタとアランを魅了したようだ。

レンゲですくってそっと口に運ぶと、二人は目を閉じて鼻から息を吐き出した。

「……トレビアン」

「リゾットとは少し違うけど、素晴らしく美味しい」

団と千歳は勘定を済ませ、椅子から立ち上がった。

「ごちそうさまでした」

二三たちに挨拶《あいさつ》してから、千歳はケイタとアランにも会釈した。

「アイム・ルッキング・フォワード・トゥー・シーイング・ユー・トゥモロー」

「サンキュー。アイ・フィール・ザ・セイム」

団と千歳が出て行って、皐がテーブルを片付けていると、辰浪康平と菊川瑠美《きくかわるみ》が入ってきた。

「いらっしゃい」

康平は応《こた》えようとして、ケイタとアランを目にすると、一オクターブ高い声を出した。

「ケイタ、アラン！」

「オー、コーヘー！」

二人とも立ち上がり、康平と握手し、軽い抱擁《ほうよう》を交わした。以前はじめ食堂に来た時、三人は親睦《しんぼく》を深め、康平は酒の代わりに料理を一品奢った仲だ。

「時にコーヘー、こちらの美しいマダムは？」

「マイ・フィアンセ、マダム・ルミ・キクカワ」

康平は少し得意そうに瑠美を紹介した。

「初めまして。菊川瑠美、クッキング・リサーチャーです」

瑠美も二人と握手して、四人で会話が始まった。瑠美が通訳してくれるので、康平も困ることなく参加できた。

「残念だな。食事がまだだったら、俺から一品くらいご馳走《ちそう》したんだけど」

「ありがとう、コーヘー。今日はもう、十分すぎるほど堪能《たんのう》したよ」

「この店は本当に素晴らしいね。近所にこんな店があって、君が羨《うらや》ましいよ」

「それに美しいフィアンセまでゲットするなんて、なんてラッキーな男だろう」

再会を祝したのもつかの間、別れの時間となった。

「ケイタ、アラン、元気でな。また日本に来てよ」

「もちろんだよ。そしたら必ずこの店に来るよ」

そして二三、一子、皐にも、フランス人ならではの言葉の花束をどっさり贈り、店を出て行った。

「外国の人がリピーターになってくれるなんて、はじめ食堂はすごいわ」

瑠美は素直に感動していた。

「それもこれも、時代ですね」

一子はしみじみとした口調で答えた。

「昔じゃ考えられないことですよ。日本食が世界に広まって、皆さんが抵抗なく日本人と同じものを食べるようになった……。あたしはつくづく、時代に恵まれて生きてきたと思ってます」

「私も同じ。昭和に生まれて、物心ついたら高度成長期で、結構な年までずっと経済右肩上がりで」

二三の発言に、瑠美はちらりと康平を見た。康平も瑠美を見返した。言葉に出さなくとも、思いは同じだった。

二人とも昭和生まれだが、二十代の頃は就職氷河期だった。しかし康平は家業の酒屋を継ぎ、瑠美は料理研究家としてフリーランスの道を歩んだため、時代に祟《たた》られたという意識は持っていない。

「さっちゃんは平成生まれだから、割り食った方だよね」

康平が尋ねると、皐は明るい声で答えた。

「私は逆。昭和の時代に生まれていたら、きっと今より生き辛《づら》かったと思います」

一同がしんみりする前に、二三がポンと手を打った。

「さ、お二人さん、どうぞ座って」


翌日は木枯らしが吹いていた昨日とは一転、春のような陽気になった。空の色まで昨日より明るく見える。

その日の昼、ラーメンちとせの前に連なる行列には、ケイタとアランの姿もあった。今の東京で外国人を見て驚く者はいないが、それでも背の高いイケメン二人は異彩を放ち、目立っていた。

並び始めて三十分近く経《た》った頃、二人も店内に入ることが出来た。千歳は二人の姿を目の端でとらえると、カウンターの中から声をかけた。

「すみません、このお二人、エビ味噌ラーメンの特盛です。食券機での買い方、教えてあげてくれませんか?」

すると、二人の前に立っていた中年の男性客が、気軽に声をかけてサポートしてくれた。しかもフランス語だった。二人の会話からフランス人と見当を付けたのだろうが……。

「フランス語が大変お上手ですね」

「ありがとう。若い頃、パリで絵の勉強をしていました」

作業服を着た目立たない男性だったが、店中のお客さんの視線を集め、ほんの一瞬、オーラを放った。

「お待ちどおさま！」

千歳が二人前のエビ味噌ラーメンをカウンターに置いた。トッピングのチャーシューは、鶏塩ラーメンに使う蒸し鶏に替えた。

ケイタとアランは丼《どんぶり》を自分の前に下ろすと、箸を割った。

まずはスープから。レンゲですくって一口飲むと、二人の顔には驚きと称賛の表情が広がった。

「このスープにはエビの旨味《うまみ》が凝縮されている」

「それなのに少しも重くない。軽やかで華やかな味だ」

「こんなラーメンはフランスでも日本でも食べたことがない」

二人が口にした感想は、件《くだん》の男性客が訳して伝えてくれた。

「ありがとうございます。このラーメンのトッピング、本来はローストポークでした。私、これからはムスリムの人にも安心して食べてもらえるように、ラムのチャーシューを研究します」

親切なお客さんの通訳で千歳の言葉を聞くと、ケイタとアランもエールを送った。

「僕たちも応援しますよ。パリに帰ったら、友人にこの店を宣伝します」

「今度日本に来た時は、鶏塩ラーメンを食べてみたい。沢山の種類の美味しいラーメンがあって、日本は素晴らしい」

お店のみんながちょっぴり幸せな気分になって、ラーメンをすする音がリズミカルに響いた。


三時少し前にスープがなくなって、千歳は「営業中」の下げ札を裏返して「準備中」にした。

閉店の準備を始めると、団が来て手伝ってくれた。シャッターに落書きされてからは、仕事終わりにラーメンちとせでランチした後、閉店時間に合わせて戻ってくるのだ。

千歳は洗い物、団は店内の清掃を担当した。

と、入り口のガラス戸に人影が映った。千歳も団も手を止めて、そちらを見た。

沖田昌磨《しょうま》だった。二人とも、一瞬身構えた。沖田はガラス戸を開けて、店に入ってきた。

「何か用？」

千歳が冷たい声で尋ねると、沖田は入り口の前に佇《たたず》み、居心地悪そうに身じろぎした。

「あのさ……謝りに来た」

わずかに言い淀《よど》んで唇をかんだが、再び口を開いて先を続けた。

「この店のシャッターに落書きしたの、俺の調理学校時代の同期なんだ。本当に、申し訳ない」

沖田はぎごちなく頭を下げた。

「どういうこと？」

「一昨日《おととい》の日曜、同期のやつに誘われて呑み会に参加した。それほど仲の良い連中じゃないから、普段なら断ったんだけど……」

千歳との破局で心乱れていたので、つい人恋しい思いで参加したのだという。会場は月島《つきしま》のもんじゃ屋だった。

「酒が進んで……俺、酔っ払って、あることないこと言ったらしい。よく覚えてないんだけど。そしたら、連中も酔った勢いで、お前に思い知らせてやれって」

仲間の一人が店の塗装に使うために、量販店で買ったスプレー塗料を持っていた。店を出てから千歳の店の前に出張り、酔った勢いで悪質な落書きをした。

「本当は、すぐに謝りに来るべきだった。でも、もう合わせる顔がないと思ってたし、この上不祥事を起こしたりしたら、警察沙汰《ざた》になるかもしれないし……」

沖田の言い訳は相変わらず無責任で、自己保身の塊だった。

しかし、団はまっすぐに沖田を見つめて言った。

「でも、沖田さんは自分の良心に従って、今日、謝りに来てくれたんですよね。僕は、立派だと思います」

沖田も千歳も、呆気にとられて団を見返した。

「お仲間にしても酔った勢いの出来心で、これから二度と、同じことはしませんよね？」

「絶対に、大丈夫です！　後になって酔いが覚めたら、みんなビビってました。もう二度と、あんなことはしません！」

調理学校の同期生なら、各自料理の世界で仕事をして生きているのだろう。つまらない出来心で経歴に傷を付けたくはないはずだった。

「分りました」

団は沖田に向かって頭を下げた。

「今日は、ありがとうございました」

沖田は何と答えて良いか分らない様子で、目を泳がせている。

「これで千歳さんも安心して仕事に励めます。良かったね」

今度は千歳に微笑みかけた。千歳もつられたように微笑んだ。

「わざわざ来てくれて、ありがとう。仕事、頑張ってね」

ごく自然に、千歳の口からねぎらう言葉が滑り出た。

「ありがとう。そっちも頑張って」

沖田は毒気を抜かれたような表情で言った。団の態度を見て、感じることがあったのかもしれない。

「それじゃ」

沖田は小さく一礼して店を出て行った。

千歳は団を見た。その眼《め》には言葉以上の思いがあったが、口に出すのは怖かった。一時的とはいえ、沖田のような男と恋愛関係にあったことに、忸怩《じくじ》たる思いがある。

しかし、団はそんな千歳の杞憂《きゆう》を吹き飛ばすように、明るい声で言った。

「良かった。これでもう、何の心配もなく、ラーメン作りに取り組めるね」

「うん」

千歳はもう一度、感謝を込めて団を見つめた。

「ありがとう」

季節は冬に入ったが、その先の春を予感させるように、日差しの暖かな午後だった。

第五話●ときめきコロッケ

「コロッケ、久しぶり！」

テーブルに置かれた定食の盆を前に、ワカイのＯＬが声を弾ませた。いつも四人で来店するご常連で、他の三人も本日の日替わり定食、コロッケを選んだ。

「コロッケ、あんまりやらないわよね」

「そりゃあ、手がかかりますからね」

もう一つの盆をテーブルに置いて、皐《さつき》が答える。

「ハンバーグやトンカツの方がずっと簡単」

「へえ、そうなの」

割り箸《ばし》を割って、ＯＬは不思議そうな顔をした。

作ったことがないと、コロッケがどれほど手間のかかる料理かは分からない。スーパーや肉屋の店先で売っているコロッケは、トンカツやハンバーグより値段が安いので、みんなお手軽な食べ物だと誤解しているが、あの値段は材料費に比例している。もし手間賃だけで計算したら、コロッケより高い料理はあまりないだろう。

「コロッケを制する者は家庭料理を制す」が二三《ふみ》の口癖だが、はじめ食堂で働くようになって、皐はその《格言》をしみじみ実感するようになった。

「さっちゃん、生姜《しょうが》焼き定食！」

ご常連のサラリーマンが弾んだ声で注文を告げた。お連れさんも同じく生姜焼き。今日の日替わり定食はコロッケと豚の生姜焼きだ。

「はあい。生姜焼き定食二つ！」

厨房《ちゅうぼう》に注文を通しながら、皐は声に出さずに独り言《ひとご》ちた。

分かってないなあ。コロッケが大学生なら、生姜焼きは小学生以下なのに。

何故《なぜ》って、豚の生姜焼きは、事前の仕込みなしでささっと作れる、とてもお手軽な料理だから。コロッケは前日からネタを仕込んでいるので、もう一方は超簡単なメニューにしたのだ。

そうとも知らず、男性のお客さんは結構生姜焼きの注文が多い。がっつり系に生姜焼きは鉄板メニューだ。

皐はつい残念な気持ちになる。はじめ食堂のコロッケ定食は、プレーンとカレー味の二個付けで、これが七百円で食べられるのは奇跡に近いというのに。

昨日の夜営業の仕込みで、二種類のタネを作っておき、一晩冷蔵庫に入れて寝かせ、今たくなる。

朝、俵型に成形して衣を付けた。この労作を食べないなんて、罰が当たるわよ……と叫び

チラッと厨房を見ると、油鍋《あぶらなべ》の前に立つ一子《いちこ》と目が合った。皐の気持ちを察したように、小さく微笑《ほほえ》んだ。

いかん、いかん。料理に正解はないんだった。

すぐに皐は反省した。お客様の気持ちが第一だ。生姜焼きの気分の時は生姜焼き、ラーメンの時はラーメンが一番のご馳走《ちそう》だ。店が好みを押し付けるのはNG、ご法度。

ちなみに、今日の焼き魚定食は塩鮭《しおざけ》、煮魚は鯖《さば》の味噌煮《みそに》。小鉢は餡《あん》かけ豆腐と、五十円プラスでマカロニサラダ。味噌汁は長ネギと油揚げ、漬物は一子手製の、柚子《ゆず》と赤唐辛子の利いた白菜漬け。

これにドレッシング三種類かけ放題のサラダが付き、ご飯と味噌汁はお代わり自由。東京都中央区佃《つくだ》でこの値段は、普通ならあり得ない。自宅兼店舗でテナント料が発生しないとはいえ、二三、一子、皐の営業努力無くしては達成できないだろう。

もう、食堂界にノーベル賞があったら、はじめ食堂のランチ定食は受賞間違いなしだわ！

心に思う皐の気持ちは、二三も一子も同感だった。

「ま、あたしはふみちゃんに耳に胼胝《たこ》ができるほど聞かされてるから、コロッケには畏敬《いけい》の念を抱いてるけどね」

野田梓《のだあずさ》は箸でコロッケを割り、一かけを口に運んだ。

「僕も今はコロッケ派だけど、二十代の頃《ころ》は生姜焼きだった。同じ値段なら、肉食べないと損したような気がしてね」

三原茂之《みはらしげゆき》もコロッケを口に入れ、目を細めた。

午後一時を過ぎてお客さんの最後の波が引き、空席が目立つようになったはじめ食堂で、ランチのご常連、野田梓と三原茂之がゆっくりと箸を動かしていた。

「それが自然ですよ。私も学生時代は、毎日肉でも飽きなかったし」

二三は二十歳《はたち》の頃を思い返して答えた。《胸やけ》も《胃もたれ》も、辞書の中にしかない言葉だったあの頃。

「うちはコロッケって言うと、肉屋さんで買ってきてたみたいね。お使いに行かされた想《おも》い出《で》ばっかり」

梓はカレー味のコロッケに箸を伸ばした。

「昔から肉屋さんで買う家、多かったんじゃないの。確か向田邦子《むこうだくにこ》原作のドラマで、お父さんにはトンカツ、お母さんと子供にはコロッケっていうシーンがあった気がする」

二三はおぼろげな記憶を手繰り寄せた。不思議なことに、毎日何かをどこかに置き忘れて探し回っているというのに、若い頃に観《み》た映画やドラマの記憶はぼんやりと残っている。

「でも、コロッケって、明治時代に日本に入ってきたときはクリームコロッケだったんでしょ。それをジャガイモで作っちゃう発想って、すごいですよね」

皐が空いた食器を片付けながら言うと、三原は嬉《うれ》しそうに頷《うなず》いた。「洋食は日本人の偉大な発明」が信条だけに、若い皐からこんなセリフが出てくると、わが意を得たりという心境になる。

「そうそう。クロケットをコロッケにしたのも、トンカツや牡蠣《かき》フライ、付け合わせの千切りキャベツも、みんな日本発祥だからね」

すると一子が首をかしげ、遠くを見る目になった。

「そう言えば子供の頃、『コロッケの唄』というのを聴いたことがありますよ。あれはいつ頃の歌なのかしら」

そんな昔のことを訊《き》かれても、誰《だれ》も見当がつかない。梓がすかさず箸を置いて、スマートフォンを取り出した。

「一九一七年。大正六年ですって」

続いて画面をタップすると、なんとものんびりした歌声が流れてきた。

ワイフもらって嬉しかったが　いつも出てくるおかずはコロッケ　今日もコロッケ明日もコロッケ　これじゃ年がら年中コロッケ……

「百年以上前の曲なのに、古色蒼然《こしょくそうぜん》って感じはしませんね。ワイフとか言ってるし」

皐は不思議そうに言って、一子の顔を見た。

「そうねえ。あたしが子供の頃流行《はや》ってた歌は、ワイフなんて歌詞なかったわ。戦争中だったし」

「『コロッケの唄』は、大正デモクラシーの真っただ中に生まれたからじゃないかなあ」

三原が少し自信なさそうに言った。

「それ、大正解！」

梓がパチンと指を鳴らした。

「前に読んだ藤沢周平《ふじさわしゅうへい》のエッセイに、大正デモクラシーの洗礼を受けた人と受けなかった人は、どことなく違いがあって、池波正太郎《いけなみしょうたろう》のモダンな雰囲気は大正デモクラシーの賜物《たまもの》だ……みたいなことが書いてあったのよ」

藤沢周平は昭和二年生まれ。池波とはわずか四歳違いだが、ものの考え方やセンスに年齢や地域性とは違う隔たりを感じたという。

藤沢には親しい付き合いの叔父がいた。山形県に暮らしていても、昭和の初めの青年期の写真を見ると、ロイド眼鏡にカンカン帽をかぶり、ちょっと気取ったポーズで写っていた。ところがそれから十年ほど経つと、いきなり国民服姿に変わってしまう。大正デモクラシーとそれ以後は、それほどまでに違っている……。

「山本夏彦《やまもとなつひこ》のエッセイにも書いてあったと思う。あの人、確か大正四年生まれよね。親不孝、自由恋愛、普通選挙、サラリーマン、核家族、エトセトラ、戦後当たり前のようになった事象は、すべて大正時代に誕生したって。言われてみればそうかと思って」

「野田ちゃん、さすが」

豊富な情報量に、二三はいつも感心してしまう。

梓は銀座の老舗《しにせ》クラブのチーママを務めている。巧みな話術と座持ちで地位を保っているだけあって、読書量も格段に多い。元々読書好きではあったが、今は仕事の一環として、趣味に合わなくても話題の本には目を通しているという。

「ふみちゃん、今度はあの変わりコロッケも作ってよ」

「ああ、あれねえ」

「あたし、資生堂《しせいどう》パーラーのクロケットより美味《うま》いと思ってんだから」

「ありがとう。年明けまで待ってね。あれ、手間かかるんだ」

梓の言う変わりコロッケは、炒《いた》めた玉ネギとひき肉の代わりに、バターで炒めたホウレン草とシュレッドチーズと、一つはほぐした塩鮭、もう一つは炒めたチョリソーを具材に使う。まさに、手間暇と愛情を食べるような一品だ。その代わり、とても美味《おい》しい。

「ああ、言われると、僕も食べたくなってきた」

三原がうっとりと目を細めた。

「なんだか、すごく美味しそうですね」

「さっちゃんが来てから、まだ作ってなかったっけ?」

「はい。今、初めて聞きました」

と、一子がポンと膝《ひざ》を打った。

「そうだ。今年の忘年会で、コロッケ出そう。普通のと三種類くらい」

「あ、良いかも。まだ忘年会でコロッケ出してないもんね」

「プレーンはスペシャルにしようか」

「うん、うん。絶対受ける」

二三と一子の会話について行けず、皐は戸惑った。

「スペシャルっていうのはね、普通のコロッケに、ホワイトソースを混ぜるの」

「ものすごくクリーミーになって、高級感アップするのよ」

「聞いただけで美味しそう」

皐も我知らず、ごくんと喉《のど》を鳴らした。

「今年の忘年会が楽しみ」

師走《しわす》はいつも駆け足で過ぎてゆく。まだ十二月に入ったばかりだが、忘年会の二十七日まで、あっという間に違いない。

その日、夕方店を開けたはじめ食堂に一番乗りしたのが、松原団《まつばらだん》と相良千歳《さがらちとせ》だった。

「いらっしゃい」

二人はテーブル席で差し向かいになった。

近頃、はじめ食堂で落ち合う回数が増えた。団の仕事はほとんど昼で終わり、ラーメンちとせの営業時間は午前十一時から午後三時までだが、スープがなくなり次第閉店なので、もう少し早くなることもある。千歳はその後、翌日の仕込みを済ませ、一度自宅に戻ってから再度佃に出てきた団と、はじめ食堂へやってくる。

いや、実はその前に二人で一緒に行く場所がある。

「生ビールの小」

二人はカウンターに向かって声を揃《そろ》えた。

おしぼりとお通しの餡かけ豆腐をテーブルに運んだ皐が、ほんの少し鼻をうごめかせ、千歳に尋ねた。

「シャンプー、変えた?」

「うん。テレビで宣伝してたやつ、試しに買ってみた」

千歳と団ははじめ食堂に来る前に、日の出湯《ひでゆ》に行ってひと風呂《ふろ》浴びる。だからいつも湯上りの良い匂《にお》いがする。

千歳が仕事を終えてからはじめ食堂が開店するまで、少し時間がある。それを聞いた時、二三は天啓のように閃《ひらめ》いた。

「二人で日の出湯でひとっ風呂浴びてきたら？」

それは非常に有益な助言だった。二人とも仕事の後で日の出湯に行けば、家に帰ってから風呂に入る時間が省ける。

「それに銭湯っていいですね。広々してて」

銭湯初体験だった千歳の印象は、上々だった。夕方前の時間帯は空《す》いていて、時には貸切気分を味わえるという。

「今日のお勧めは何ですか？」

千歳と額を寄せ合っていた団が、メニューから顔を上げた。

「まずははじめ食堂自慢のコロッケ。付け合わせに春菊のサラダもどうぞ。今日、団さんから買った品よ」

「今が旬《しゅん》ですからね」

団は嬉しそうに頷いた。多くの野菜が通年で売られているが、やはり旬の時期は一味違う。

「風呂吹き大根と、下仁田《しもにた》ネギの豚バラ巻きも美味しそう。大根もネギも冬が旬よね」

「当たり。どっちもうちが卸した品だから、美味いよ」

答える声には自信がこもっていた。そんな団を見返す千歳の目は信頼に満ちている。

「あとはどうしようかなあ」

二人はもう一度メニューに目を落とし、無言で検討を始めた。

「牡蠣鍋《かきなべ》もお勧めだけど、重いようなら焼き豆腐なんかどう？　刻みネギと一緒にゴマ油で焼いて、大根おろしをかけただけだけど、胃に優しくてお酒にもピッタリ」

皐が言うと、団と千歳はパッと顔を上げた。

「それ、ください」

「シメはまた後で、頼みます」

三人が話している間に、二三は生ビールを二つのジョッキに注《つ》ぎ、テーブルに持って行った。

「寒くなってきたから、うどんメニュー始めたのよ。今日はアサリとワカメの韓国風を用意したけど、どうする？」

団が怪訝《けげん》な顔で首をかしげた。

「アサリって、今、取れるんですか？」

「冷凍。秋の旬の時期のだと思うわ」

二三はそこで、とっておきの知識を披露した。

「料理の本に出てたんだけど、貝類って、冷凍すると旨味《うまみ》が四倍になるんですって」

「ええっ⁉」

団と千歳は同時に驚きの声を上げた。

「だから、美味しいわよ」

「いただきます！」

二人は目を輝かせ、間髪を入れずに注文した。

「量は加減するから、お腹《なか》と相談してね」

カウンターに戻ろうとして、二人から漂うほのかな石鹸《せっけん》の香りに、ふと「神田川《かんだがわ》」の歌詞を思い出した。

「団さんのお宅は江戸川区でしょ。ご近所に銭湯ないの？」

団はジョッキを置いて首を振った。

「昔はあったみたいだけど、今はみんなマンションになっちゃって。葛西《かさい》にはスーパー銭湯があるけど、ああいうとこは一種のレジャー施設だから」

元気よく楽しみに行くところで、一日の疲れを癒《いや》しに行く脱力系の雰囲気ではない。とはいえ、江戸川区にはまだ三十か所くらいの銭湯が残っている。

「あたしの若い頃は、下町じゃ銭湯が当たり前でね。お金持ちでないと内風呂はなかったわ。それがいつの間にか家にお風呂が付くようになって……」

銭湯談議に、一子はつい郷愁を誘われた。思い出せば、昭和三十年頃までの東京には、内風呂がなく、お客さんを銭湯に案内する小さな旅館があったものだ。

二三も子供の頃の記憶がよみがえった。

「私がきっと、最後の銭湯世代ね。家を建て直した時にお風呂が付いたけど、それまでは銭湯だったわ」

昔読んだエッセイに、銭湯経営者は全国的に北陸出身が多く、東京では新潟県人が半数以上を占める、と書いてあったのを思い出した。何故なら、雪深い北陸では農家の次男、三男は家を離れて食べていかねばならず、自然と都会に出て行ったから……という、ざっくりした説明しか思い出せないが。

と、皐も記憶を刺激されたらしい。

「そう言えば前に塩見《しおみ》先生から、江戸の町は基本的に内風呂が無かったって聞いたことがあります。薪《まき》が高価で水は貴重だし、火事の危険もあるからって」

塩見秀明《ひであき》は江戸史を研究する大学教授で、今年、タイ人女性と電撃結婚した。皐がショーパブ「風鈴《ふうりん》」で働いていた頃、友人に連れられて何度か来店し、今も交流がある。

「日本橋の三越《みつこし》みたいな日本一の大店《おおだな》でも、従業員寮はお風呂がなくて、みんな銭湯に通っていたんですって」

江戸時代の三越の屋号は「越後屋《えちごや》」で、その巨大な店舗は日本橋駿河町《するがちょう》の一角をほとんど占めていたため、「駿河町」と言えば越後屋を指すほどだった。

「それで東京はあんなに銭湯が多かったんだな。僕の家から歩いて行ける範囲内に、元銭湯が三軒もあるんですよ」

　団が感心した顔で言うと、千歳も口を開いた。

「うちの実家、郡山《こおりやま》なんです。普通の家は基本的に内風呂で、温泉宿はあるけど、銭湯は東京へ来るまで知りませんでした。銀座の真ん中に銭湯があるって聞いたときは、もうびっくりで」

　千歳の言うのは銀座八丁目にある「金春湯《こんぱるゆ》」のことだ。昔その通りに能楽金春流宗家の屋敷があったことから「金春通り」と呼ばれ、江戸時代の終わりに創業した銭湯も「金春湯」と命名された。明治時代には新橋《しんばし》の芸者衆でにぎわったというが、今も銭湯として立派に営業を続けている。

「おっと、話に夢中で手がお留守になっちゃったわ」

　一子が言うと、二三もあわてて厨房に引き返した。

「風呂吹き大根、すぐできるから」

　大根はすでに十分茹《ゆ》でてあるので、温めて柚子味噌を載せれば出来上がる。

　二三は小鍋に大根と茹で汁を入れてガスの火にかけると、焼き豆腐を作り始めた。フライパンにゴマ油を引き、木綿豆腐を焦げ目がつくまで焼き、裏返して刻みネギを散らし、醬油《しょうゆ》を回しかける。

　醬油がジュッと威勢の良い音を立てると同時に、ゴマ油とまじりあった香ばしい匂いが立ち上る。この匂いを嗅《か》ぐたびに、二三は「プロジェクトX」のエピソードを思い出す。

アメリカで醤油を売り出すべく渡米したキッコーマンのセールスマンは、生醤油の匂いを嗅いだアメリカ人から「昆虫の絞り汁」と酷評されたが、焼いたときの香ばしい匂いでアピールを繰り返し、遂に販売に成功する。やがて全米のステーキチェーンで一番人気のソースは、醤油を使ったソースになる……。

「それが今や、世界中の人が醤油付けて寿司《すし》食べてんだから」

口の中でつぶやいて、焼き豆腐に大根おろしをトッピングした。

「はい、お待ちどおさま」

二三は焼き豆腐と風呂吹き大根を同時にテーブルに持って行った。仕事終わりの風呂上がりだから、食欲はいや増しているに違いない。

「いただきます！」

二人はまず風呂吹き大根に箸を伸ばした。

「大根だけでも、何となく甘いわ」

千歳は柚子味噌を載せた大根を口に入れ、ハフハフと息を吐いてから言った。

「冬は白い野菜が美味いんだ。大根、ネギ、白菜、カリフラワー」

団がいつも二三が思っているのと同じことを言うので、嬉しくなって「そうそう、さすが野菜のプロ！」と心の中で褒めた。

「この後、コロッケと春菊のサラダ出そうと思うんだけど、お飲み物どうします？」

団も千歳も問いかけるように二三を見上げた。

「揚げ物は泡がお勧め。フラミンゴオレンジのソーダ割なんか、良いと思うけど」

「じゃ、それにします」

団が確認するように千歳を見ると、千歳もキチンと頷き返した。

「あと、日本酒を一合もらえます？　この焼き豆腐、日本酒にすごく合いそう」

「それなら白露垂珠《はくろすいしゅ》ってお酒が良いですよ。すっきりした、喉越しの爽《さわ》やかなお酒だから、白身魚やお豆腐料理に合うと思うわ」

康平《こうへい》の受け売りなので、二三は自信をもって推薦した。

「それ、ください。名前からしてきれいなお酒だね」

最後は二三ではなく、千歳に向けて言った。二人の間に生まれた熱は、どんどん上昇しているようだ。

「こんばんは」

そこへもう一組のカップル、辰浪《たつなみ》康平と菊川瑠美《きくかわるみ》が現れた。二人は団と千歳に会釈すると、カウンターに並んで腰を下ろした。

「小生ね」

「私、スパークリングワイン、グラスで」

最初の一杯はそれぞれ好みの飲み物を注文するが、二杯目からはいつも同じになる。どちらかが相手に合わせているのではなく、いつの間にか自然と好みが一致してきたようだ。

二人は運ばれてきたジョッキとグラスを合わせて乾杯すると、早速メニューの検討に入った。

「春菊のサラダ……。冬ねえ」

「鍋のイメージだけど、ナムルも美味いよね」

「コロッケ！　これは外せないわ」

瑠美は人差し指でコロッケの文字を撫《な》でた。

「コロッケは手間暇と愛の結晶よ。私、愛がなかったらコロッケ作らないもん」

「そんじゃ、牡蠣はフライじゃなくて鍋だな」

康平は顔を上げて二三に呼び掛けた。

「おばちゃん、牡蠣鍋は味噌仕立て？」

「味噌、醬油、中華風、何でもあり」

「じゃ、中華風ね。シメに春雨で」

「良いわよ。で、他はコロッケと春菊のサラダね」

「カリフラワーのガーリック焼き。それと……」

瑠美は康平の方を向いてメニューを指さした。

「康平さん、とろろ食べない？　山芋も今が旬だし」

「うん。俺《おれ》、とろろって、たまに食べたくなるんだ」

「今はおろしとろろも売ってるけど、昔は手間だったわ。うちはすり鉢で当たってたから、ひと仕事よ」

「そうなんだ。うちのお袋はおろし金でガリガリやってたな」

二三はおろし金で山芋をおろし始めた。一子もおろし金派だ。理由はせっかちなことと、親もそうやっていたからだが、すり鉢でじっくりとすりおろした方が、口当たりがまろやかになると思う。

「はい、お待ちどおさま」

最初にとろろを出した。山芋には色々な種類があり、筒型の芋は粘り気が少なく、銀杏《いちょう》のような、あるいはグローブのような形の芋は粘り気が強い。今日の芋は筒形だ。

「出汁《だし》でのばしてないから、適当にお醤油垂らして、よく混ぜてね」

器にわさびを添え、別皿で焼き海苔《のり》を出した。これはご飯にかけるより、酒の肴《さかな》に似つかわしい。

「おばちゃん、東光《とうこう》一合、グラス二つ」

康平が指を二本立てた。

「東光は山形の酒。フレッシュで上品な甘みがある。最初の一杯にぴったりだし、さっぱりしたつまみによく合うんだ」

二三も皐も耳をそばだてた。康平の説明は、そのままお客さんに使える。

康平と瑠美は東光でもう一度乾杯し、とろろを啜《すす》った。

「ほんと、お酒にぴったり」

「拍子木《ひょうしぎ》に切ってわさび醤油もありだけど、やっぱ、おろしたのは口当たりが良いな」

一子が油鍋の前に立ち、コロッケを揚げる準備を始めた。

皐は春菊のサラダを作っていた。ざく切りにした春菊を塩、胡椒《こしょう》、オリーブオイルで和え、仕上げに粉チーズを振って、お好みでレモンを絞る。シンプルこの上ないレシピだが、春菊の爽やかさとほのかな苦みがストレートに発揮され、癖になる味わいだ。

二三は小房に切り分けたカリフラワーを、魚焼きグリルでも使える薄型のダッチオーブンに並べ、塩胡椒を振り、薄切りにしたニンニクとバターを載せて蓋《ふた》をした。このまま魚焼きグリルに入れて十分ほど置けば、カリフラワーのガーリック焼きの出来上がりだ。

「コロッケとは対極の料理だけど、どっちも美味しいですよね」

皐が瑠美の方を見て言った。

「ほんと。結局素材の力ね。つくづく日本は素材に恵まれてると思うわ。野菜も果物も魚介も豊かで……。砂漠の真ん中だったら、ありえないもの」

瑠美はしみじみと言ってため息を漏らした。

「私が料理研究家になれたのは、日本に生まれたお陰だって、近頃痛感するの。和洋中エスニック、家庭にも街にも色々な料理があふれてる環境で育つって、すごいアドバンテージだと思うわ」

皐が二人の前に春菊のサラダの皿を置いた。

「訪問医の山下《やました》先生がアフリカのNGOにいらした頃は、おかずは一種類の野菜と魚を一緒に煮たもの以外、見たことなかったって仰《おっしゃ》ってました」

「そうよね。多分、私たちが知らないだけで、世界にはそういう土地もたくさんあるんでしょうね」

瑠美は春菊のサラダを口に運んだ。

「ああ、この春菊の柔らかいこと！」

それを耳にした団は、少し得意そうに口角を上げた。向かいで観ていた千歳も、釣られたように微笑んだ。

「お待ちどおさまでした。本日のメインです」

皐が揚げたてのコロッケと、作りたてのフラミンゴオレンジのソーダ割をテーブルに置いた。

二人は待ちかねたようにコロッケに箸を伸ばした。揚げたてのカリッとした衣をまとった中身は、マッシュしたジャガイモに肉と玉ネギの旨味が溶け込んでいて、食感はあくまでも柔らかい。

続いてフラミンゴオレンジのソーダ割を口に含めば、トロピカルフルーツのような甘く爽やかな香りが広がり、鼻に抜けてゆく。

「……」

二人は無言でコロッケとソーダ割の往復運動を三回繰り返した。まさに箸が止まらない状態だ。

「ああ、美味しい」

やっと箸を置いた千歳が、ため息とともに言った。

「ありがとう。プロに褒めてもらうと、嬉しさもひとしおだわ」

すると、大きく膨らんだ喜びに押し出されるように、千歳は言葉を放った。

「二三さん、私たち、年が明けたら結婚するんです」

はじめ食堂の三人はもちろん、瑠美と康平も千歳と団を見た。

「それはおめでとう」

誰もが二人はいずれ正式に結ばれるだろうと思っていたが、年明け早々とは、予想を上回るスピードだった。幸せの高揚感は行動を加速させるらしい。

「お店は、続けるのよね？」

「はい、もちろん」

千歳ははっきりと答えた。

「団さんのご両親も応援してくださってるんです。女手一つで始めた店なんだから、頑張りなさいって」

「うち、農家だから、両親は共働きなんです。それで、彼女の仕事にも理解があるんだと思います」

「お母さんが、ご飯は作らなくても良いって言って下さったんです。仕事終わったら、食べにいらっしゃいって」

千歳の口調には幸せがにじみ出ていた。

「うちも早寝早起きで、彼女と生活時間帯が似てるんです」

団は月曜から金曜まで、契約している店舗に野菜を卸して回っている。その仕事はだいたい昼前に終了するが、その代わり葛西市場へ仕入れに行くので、朝は早い。

「お二人はご両親と同居なさるの？」

二三は多少立ち入った質問をしてしまったかと思ったが、二人とも少しも気にする風もなく、はきはきと答えた。

「彼女もそう言ってくれたんだけど、うちの両親が……」

「最初は二人だけで暮らしなさいって、勧めてもらいました。新婚時代は大事だからって」

「親父《おやじ》とお袋は、来年か再来年、二世帯住宅に建て替える計画なんです。そしたら、俺たちに子供が生まれたら、すぐ戻ってこられるからって」

「団さんのご両親は、本当に良く考えてらっしゃるのね」

一子は感嘆したように言った。

二三も全く同感だった。若い二人の都合を優先しながら、将来を見越して生活設計をしている。きっと団の穏やかで思いやり深い性格は、両親から受け継いだものなのだろう。

「はい。私も本当に感謝してます。こんなに私の都合を考えてくださるなんて、全然思っていなかったんで」

千歳はわずかに声を震わせた。

「最初は、反対されるんじゃないかと思ってたんです。店を続けること……。団さん、一人息子だから」

「うちは、そんな贅沢《ぜいたく》言える身分じゃないよ」

団はからりと明るく打ち消した。

「農家だから嫁の来手がないって、二人とも覚悟してたらしい。結婚相談所に入会して、息子の代わりに代理見合いしないとだめだろうって話してたんだってさ。そしたら息子が自力で嫁さん候補連れてきたんで、もう宝くじ当たったようなもんだって、大喜び」

二三と一子はそっと目を見交わし、共に笑みを浮かべた。

二三が亡き夫の高《たかし》と知り合った当時、高は妻を喪《うしな》った男やもめで、母の一子と二人ではじめ食堂を営んでいた。二三が何の気なしに「タカちゃん、どうして再婚しないの？」と訊《き》くと、苦笑いを浮かべる高に代わって一子は答えた。

「うちみたいな条件の悪いとこは、嫁さんの来手がないのよ。自営で、おまけに母一人子一人じゃない。この前、日本人は無理だから、中国人かフィリピン人を紹介するって言われたわ」

その時、二三はつい衝動に駆られて口走った。

「そんなら、私が行こうか？」

あれは若さゆえの勢い、あるいはものの弾みだったのかもしれない。だが、その決断を後悔したことは一度もない。きっと、時間をかけて醸成された感情が、一子の言葉をきっかけにほとばしったに違いない。二三は結ばれるべくして高と夫婦になり、一子と母子になった。ざっくり言えばご縁だったのだ。

二三はカウンターに目を戻した。すると、瑠美の表情が翳《かげ》っていることに気が付いた。

二三ははっと気が付いた。瑠美も康平と将来を誓い合った仲だが、康平の両親、特に母の京子《きょうこ》は、必ずしも結婚に賛成ではない。瑠美が結婚後も仕事を続けることは納得しているが、今のライフスタイルを崩さず、別居結婚のような形を望んでいるのが気に食わず、さらに年齢が四十代半ばというのもマイナス要因だった。どうせなら孫の顔を見せてくれそうな相手と結婚してほしい……というのが、母親としての偽らざる気持ちのようだ。

ところが当の康平にしても、結婚に有利な条件を備えてはいない。年齢はすでに四十代半ば。酒店経営の自営業で、両親と同居。仕事柄、女性との出会いも少ない。両親もそれを自覚して、代理婚活の会に入会したこともあった。

団の両親の千歳に対する気遣いを聞かされると、瑠美は内心面白くないかもしれない。条件は似たようなものなのに、どうしてこんなに違うのかと、悔しく思っているのではあるまいか。

「料理人って、家でご飯作らないって言うよね。仕事で料理作ってるんだから、当然だと思う」

東光のグラスを干して、康平が明るい声で言った。

「男だと納得するのに、女の料理人が同じこと言うと変な目で見られるとしたら、そっちがおかしいよ」

瑠美の表情が和らぎ、日の光を浴びたように翳りが消えた。

「さすが康平さん。料理研究家と付き合ってるだけのことあるわね」

皐がぐいと親指を立て「グッジョブ!」とエールを送った。

「私は料理人とは言えないけど」

瑠美が少し照れたように言うと、康平は真面目《まじめ》な顔で首を振った。

「どっちだっておんなじだよ。料理を仕事にしてるんだから、真剣勝負だ。仕事終わってまで料理作るのはしんどいと思う」

瑠美は主宰する料理教室の仕事の他に、いくつもの雑誌に連載を持っている。新しいレシピ開発に真剣に取り組む姿を間近に見ているので、康平には瑠美の苦労が良く分かるのだ。

「それじゃ、仕事でお酒を扱って、仕事の後もお酒と付き合ってる康平さんって、珍しい人？」

二三がまぜっかえすと、康平は腕を組んで胸を反らせた。

「まあね」

小さな笑い声が生まれ、厨房から流れる油の爆《は》ぜる音と混じりあった。康平たちのコロッケの揚がる音だ。

そこへ、入り口の戸が開いて、新しいお客さんが入ってきた。

「こんばんは」

訪問医の山下智《さとる》だった。後ろからは当然のように、桃田《ももた》はながくっついてきた。

「先生、お久しぶりです。今さっき、先生のお話が出たんですよ」

「道理で、さっきくしゃみが出たわけだ」

はなはからかうように言うと、山下を促してテーブル席に座らせた。

「おばちゃん、スパークリングワイン、ボトルで」

差し向かいで座るなり、はなは我が物顔で注文した。

二人で来るときはいつも山下のおごりで、はなは「先生、友達いないから、寂しいでしょ。だから一緒にご飯食べてあげるの」と、涼しい顔でゴチになっている。そして山下ははなと過ごす時間が楽しいらしく、いつもニコニコして言いなりになっている。

「先生、今日はお酒は大丈夫ですか?」

二三はカウンターから尋ねた。山下は夜勤がある時はアルコールを飲まない。

「はい、大丈夫です。ただ、順序が逆だけど、ご飯もの先にくれませんか? 昼飯食べそこなって、腹ペコで……」

山下は情けなさそうな顔で腹に手をやった。

「それじゃ、これからアサリとワカメの韓国風うどんを作るんですけど、よろしかったら」

「あ、もらいます、もらいます! うどん、食べたかったんです」

今度は嬉しそうに目尻《めじり》を下げた。NGO活動でアフリカの僻地《へきち》で暮らしても苦にならなかった強者《つわもの》だが、美味しいものが分からないわけではない。

「先生、最初はお茶でも出しましょうか。すきっ腹で呑《の》むと、回りが早いですよ」

「大丈夫です。ちびちび飲みますから」

皐は気を利かせて、スパークリングワインと一緒に水のグラスを置いた。

「さっちゃん、コロッケと春菊のサラダ、牡蠣のバター醤油ステーキね」

はなは皐にメニューを指し示した。

「それと、シメは韓国風うどんの他は何？」

「アサリのにゅう麺《めん》、又はパスタ。後はおにぎり、お茶漬け、味噌汁とおしんこのご飯セット」

「迷うなあ」

はなはしかめっ面をして腕を組んだ。

「まあ、あとで決めればいいじゃない」

「そうだね。じゃ、先生、乾杯」

はなは山下とグラスを合わせると、一気にグラス半分ほど飲みほした。まるでコーラかジュースのような飲みっぷりだ。

「ああ、幸せ」

グラスを置くと、お通しの餡かけ豆腐を口に入れた。ワインのつまみとしては不似合いかもしれないが、泡が加わると和と洋が仲良くなるから不思議だった。

二三はアサリとワカメの韓国風うどんに取り掛かった。

うどんは冷凍うどんを使う。熱湯に入れれば一分程度で茹で上がり、値段もリーズナブルなのが良い。

鍋にゴマ油を入れて長ネギを炒め、アサリと出し汁を加えて煮て、最後に戻したワカメを入れ、塩とおろしニンニクで調味する。このスープを茹で上がったうどんにかけ、胡椒を振り、炒りゴマを散らせば出来上がり。ゴマ油とニンニクの香りが、純和風とは一味違った世界に誘《いざな》ってくれる。

「熱いのでお気をつけて」

丼《どんぶり》が目の前に置かれると、山下は待ちかねたようにスープを啜った。

「ああ、美味い！　アサリの出汁がすごい……」

次に音を立ててうどんを啜り込んだ。

「あふ！」

あわてて火傷《やけど》しそうになったか、大急ぎで水のグラスに手を伸ばした。鼻の頭には早くも汗を浮かべている。

「先生、落ち着いて食べなよ。誰も取らないからさ」

はなはわざとらしく顔をしかめたが、目が笑っていた。

山下は二分足らずでうどんを完食してしまった。

「ああ、やっと人心地が付いた」

スパークリングワインを二口呑み、ほっと溜息《ためいき》をついた。

隣のテーブルでは、団と千歳がゆっくりとシメのうどんを味わっている。

「先生、サラダ食べて。本当はベジファーストの方が身体《からだ》に良いんだけどね」

はなが春菊のサラダの皿を押しやった。

「本当に腹ペコの時は、こんなウサギのエサみたいなもんじゃ、食った気がしないよ」

山下はサラダを取り分けながらうそぶいたが、美味しそうにむしゃむしゃとサラダを食べた。

そこへ、厨房から食欲中枢を刺激する香りが漂ってきた。醬油の香ばしさとバターの豊潤さが溶け合った、胃を鷲摑《わしづか》みにする香りだ。はなはヒクヒクと鼻をうごめかせた。

「はい、お待ちどおさま」

間もなく、牡蠣のバター醬油ステーキの皿が運ばれてきた。

「これ、これ。牡蠣フライも良いけど、バター醬油も捨てがたいよね。エメラルドとルビーって感じ」

はなは牡蠣を一粒、箸でつまんで口に運んだ。

薄く小麦粉をまとわせてあるので、嚙むと一瞬、クリスピーな歯触りがある。しかし次の瞬間には、柔らかな身が破れて、海のミルクが口の中に広がり、醬油とバターの風味と共に充満する。喉を滑り落ちるその瞬間まで、至福は続く。

山下も箸を伸ばし、牡蠣のバター醬油ステーキを頰張《ほおば》った。

「バター醬油考えた人、偉大だよねえ」

「うん。ノーベル賞あげても良いくらい」

牡蠣を肴に、二人がスパークリングワインを飲む速度が増した。

「ああ、ごちそうさま」

千歳と団が箸を置き、おしぼりで口の周りを拭《ぬぐ》った。一子がカウンターから顔を覗《のぞ》かせた。

「ねえ、千歳さん、日本蕎麦《そば》に季節メニューで牡蠣蕎麦ってあるけど、ラーメンにはないの？」

「ありますよ。季節限定メニューの店が多いですけど、牡蠣で出汁を取ったスープをベースに、牡蠣ラーメン専門でやってるお店もあります」

「お宅で出す予定はある？」

千歳はキラリと瞳を輝かせた。

「考えてなかったけど、今、思いつきました。季節限定で、冬だけ牡蠣ラーメンやってみようかしら」

するとと団が心配そうな顔になった。

「そんなに欲張って大丈夫？　今だってオーバーワークなのに」

「すぐにじゃないから、大丈夫。早くても来年かな。出来ればアシスタントを一人雇って、今より効率アップして……」

千歳は三十代初めで、まだまだ意気軒高だ。これから店をもっと大きくして、もっと大勢の人に自分の作るラーメンを食べてもらいたいと願っているのだろう。

席を立とうとして、千歳はもう一度座り直した。

「あのう、はじめ食堂の皆さんに、ご相談があるんですけど」

「なに？」

二三はカウンター越しに身を乗り出した。千歳の表情から、深刻な話でないことは分かる。

「来月、団さんのお母さんの誕生日なんです。私、何度もお夕飯ご馳走になってるから、その日だけはお母さんの代わりにご飯作りたいんです。それで、メニュー、何が良いかと思って。ラーメンじゃあんまり当たり前だし」

二三と一子、皐は素早く目を見交わした。答はすでに決まっていた。

「コロッケ！」

三人で声を揃えたので、山下とはなもびっくりして注目した。

「コロッケは家庭料理の王者です」

「コロッケを制する者は家庭料理を制す」

「愛情無くしてコロッケなし！」

はながぷっと噴き出した。

「出た、おばちゃんの口癖」

しかし、千歳は真顔で頷いた。

「そうですよね。コロッケ、作るの大変ですもんね」

二三は得意そうにうなずいた。

「そうそう。だから、一日で全部やるのは大変でしょ。前の日にタネを作って冷蔵庫で寝かせて、当日は成形して衣をつけて揚げるだけにしちゃうの。余った時間で汁物と副菜を作れば、立派な夕ご飯よ」

「そうですよね」

千歳は引き込まれるように頷いた。

「ただ、買ってきたコロッケと違いを出したいんです。どうすれば良いんでしょうか」

「それはね……」

二三は変わりコロッケとホワイトソースを混ぜたスペシャルコロッケの説明をしようとして、ふと思いとどまった。論より証拠だ。

「あのね、うち、二十七日の夜、忘年会を開くの。毎年恒例なんだけどね。今年はコロッケを何種類か出そうって決まったのよ。だから、千歳さんもちょっと来てみれば。実際に食べてみて、気に入ったコロッケがあったら、レシピ教えるから」

「はい！」

千歳は勢いよく椅子《いす》から立ち上がり、バネ仕掛けの人形のように腰を折り、頭を下げた。

「よろしくお願いします！」

「任せなさい！」

二三はドンと胸を叩《たた》いた。今年の忘年会も、楽しいひと時になりそうな予感がした。


「突然ごめんなさいね」

二日後、賄《まかな》いタイムに突入しようとするはじめ食堂に、瑠美が訪ねてきた。

「先生、どうしたんすか？」

賄いをテーブルに並べていた万里《ばんり》が、訝《いぶか》しげに尋ねた。

「これ、試食してもらいたくて」

瑠美は紙袋からプラスチック容器を取り出し、テーブルに置いた。蓋をあけると、衣をつけて成形し、揚げるばかりになったコロッケが四つ入っていた。

「万里君の分も持ってきた。百六十度くらいで揚げてね」

「これは？」

「忘年会のコロッケに加えてほしくて。夜また来るから、レシピはその時に」

それだけ言い置くと、瑠美は小走りに出て行った。ひょっとして、教室の休み時間に抜けてきたのかもしれない。

「せっかく先生が持ってきてくれたんだから、揚げてみようよ」

万里は厨房に入り、勝手知ったる気安さで、小さめの鍋に油鍋の油を移し、ガス台に載せて点火した。言われた通り、衣の焦げない百六十度に加熱して、コロッケを投入した。

「いただきます！」
二三、一子、皐、万里の四人は、揚げたてのコロッケに箸を伸ばした。
「……」

口に入れた瞬間、四人はしばし言葉を失った。ジャガイモのコロッケと言えば食感はホクホクのはずなのに、まるでクリームコロッケのように滑らかで、とろとろなのだ。しかも粗びきの肉はジューシーで、肉の旨味が濃厚に溶け出してくる。

「なに、これ？」

万里はコロッケの断面を見直した。明らかに普通のコロッケに比べて、肉の量が多い。

「こんなコロッケ、初めて食べた」

「コロッケはジャガイモの料理だけど、これは完全に肉料理ね」

「でも、美味しい。ホワイトソースを混ぜてないのに、どうしてこんなにクリーミーなのかしら？」

「でも、バカうま」

万里はあっという間にコロッケを完食してしまった。コロッケだけをおかずに、ご飯も一膳《ぜん》食べ切った。

「ほんと、美味いよ。飯にも合うし」

万里は席を立って、ご飯のお代わりをよそった。今日の日替わり定食はメンチカツと中華風オムレツ。どちらも万里は好きなのだが、今食べたコロッケの存在感の前に、影が薄くなってしまった。

「おばちゃん、先生にレシピ聞いたら、俺にも教えてよ」

「もちろん。今年の忘年会にも登場してもらうわ」

万里はメンチカツをご飯に載せて、しみじみと言った。

「それにしても、料理って深いよな。コロッケにこんな新手があるとは思わなかった」

二三も一子も皐も心から同感して、深くうなずいたのだった。


「どうだった?」

その夜、康平と連れ立ってはじめ食堂へやってきた瑠美は、カウンターに腰を下ろすと、開口一番に尋ねた。

「もう、びっくり」

二三は両手で頭の上に大きな円を作った。

「コロッケの概念が覆りましたよ。あんなコロッケ、初めてです」

「でしょう」

瑠美は「してやったり」とばかりに微笑んだ。

「先生のレシピですか?」

「残念ながら、違うわ。目白《めじろ》にある『旬香亭《しゅんこうてい》』っていう、洋食の名店の料理よ。私、ちょっと前にランチで食べて、衝撃を受けたの。そしたら、一緒に行った編集者が『dancyu』のHPにレシピが載ってるって教えてくれて、あわてて読んで、作ってみた」

瑠美は思い出すように宙を見つめた。

「料理って深いわよね。コロッケでこんな斬新《ざんしん》なレシピを考案出来る人がいるんだもの。私も頑張らなくちゃって思ったわ」

康平は生ビールの小ジョッキ、瑠美はグラスのスパークリングワインを注文した。今日のお通しは昼の小鉢の一つ、里芋と干し椎茸《しいたけ》の煮物だ。

「これ、レシピね」

瑠美はショルダーバッグからクリアファイルを取り出し、カウンター越しに二三に手渡した。

「ざっくり説明すると、お芋は男爵じゃなくてメークイン。ねっとりした食感が出やすいから。それと、ジャガイモ五百グラムに対して、肉を三百グラムも入れるのよ」

豚の肩ロース肉を、家庭では包丁で細かく切る。出来れば適度に脂の混ざったリブロース側が望ましい。

「玉ネギと豚肉をゆっくり炒めて、肉のエキスを引き出すわけ。そうしたら次に、何と、片栗粉で固めの餡にして、そこへつぶしたジャガイモを入れて練り合わせるのよ」

「片栗粉で固めるんですか?」

「最初は私も目を疑ったわ。でも考えてみたら、それ、小籠包《ショーロンポー》と同じなのよね。蒸すとスープがあふれだす……」

生地を練ったら冷蔵庫で一晩寝かせる。それを成形して衣を付け、油で揚げると、一度締まった生地が熱で緩み、豚肉から出た旨味を吸い取ったジャガイモが、ねっとりとクリーミーにとろけてくる。

「……なるほど」

二三はもちろん、一子も皐も耳を澄ませて瑠美の説明に聞き入った。

「先生、ありがとう。このコロッケ、忘年会に出させていただきます。千歳さんもびっくりして、きっと作りたいと思うはずです」

「そうなったら、お役に立てて嬉しいわ」

瑠美はちらりと微笑み、グラスを傾けた。

「でも、先生はご立派ですね」

「二三さん、急にどうしたの」

「私、正直、気を悪くされたんじゃないかと思ったんです。千歳さんと団さんのご両親が仲睦《むつ》まじいので」

「ちょっとはね、羨《うらや》ましかった」

瑠美は屈託のない口調で言った。

「でも、仕方ないわよ。私は千歳さんよりずっと歳上《としうえ》なのに、もっとワガママなこと言ってるんだから」

「それはうちのお袋だよ。自分の息子には過ぎた伴侶《はんりょ》だって、まるで分ってないんだから」

康平はひょいと肩をすくめた。瑠美は黙って康平を見返した。二人の気持ちさえしっかりしていれば、親の思惑は障害にならないと、互いに理解しあっていた。


十二月二十七日は夜の忘年会に備えて、ランチ営業を休んだ。夜の忘年会を最後に、今年のはじめ食堂の営業も終わる。

昼から万里もやってきた。「八雲《やくも》」は水曜定休なので、出勤している要《かなめ》の代わりに、助っ人に来てくれたのだ。いや、要は料理はからっきしだから、代わりと言っては失礼に当たるだろう。

「張り切って行こう！」

四人は円陣を組んで気合を入れた。

今年のメニューは、メインがローストビーフとアクアパッツァ。前菜としてカウンターに並べるのが、サラダとナムル、各種クロスティーニとカナッペ、そして三種類のコロッケ……変わりコロッケ二種類と旬香亭の「ミンチポテトコロッケ」だ。

シメは牡蠣の炊き込みご飯を準備した。牡蠣と生姜の千切りを煮て、その煮汁でご飯を炊き、具材と混ぜ合わせて五分ほど蒸らせば完成。炊飯器が炊いてくれるので手間要らず。生姜の香りも爽やかな、ワンランク上の贅沢な炊き込みご飯だ。

「こんばんは！」

六時の開店と同時に、次々とご常連がやってくる。

魚政《うおまさ》の山手《やまて》政夫《まさお》は、今年も刺身の盛り合わせの大皿を差し入れてくれた。

「おじさん、いつもありがとう」

「なあに。これくらいしなけりゃ、魚政の名が廃るってもんよ」

三原茂之はシャンパンを二本差し入れてくれた。

「お高いものを、すみません」

「もらいものです。気にしないでください。どうせ家では飲まないから」

松原団と相良千歳もやってきた。団は段ボール箱を抱えていた。

「これ、差し入れです」

中にはメロンが二個入っていた。

「マスクメロンじゃないの。こんなお高いもの、悪いわ」

「親父とお袋が持ってけって。いつもはじめ食堂さんにはお世話になってるから」

「それはこっちのセリフよ。とにかく、食べ放題、飲み放題だから、楽しんでってくださいね」

二三はカウンターを手で示して言った。

基本的に山手や三原、団のように、高額な差し入れをしてくれたお客さんからは会費を取らない。それがいつの間にか出来上がった、はじめ食堂の忘年会のルールだった。

千歳と団は、ビールのグラスを片手に、まずはクロスティーニをつまんだ。

クロスティーニはバゲットに様々な具材を載せたおつまみで、片手で食べられるので立食パーティーにぴったりだ。今日の具材は漬けマグロとアボカド、むきエビとミニトマト、干しイチジクとクリームチーズ、辛子明太子《めんたいこ》と茹で卵とマヨネーズ、キノコのニンニクと柚子胡椒炒め。

バゲットは月島《つきしま》のハニームーンで買ってきた。店主の宇佐美萌香《うさみもか》・大河《たいが》姉弟も忘年会に参加すると言っていた。

「はい、揚げたてコロッケです」

万里がバットを抱えて厨房から出てきた。網の上には三種類のコロッケが並んでいる。

「いただきます！」

千歳がさっとカウンターに近寄り、三種類のコロッケを取り皿に載せ、団の隣に戻ってきた。

一口ずつ、三種類を食べ比べた。変わりコロッケを食べた時は感心した顔になったが、ミンチポテトコロッケを口にすると、その顔には驚愕《きょうがく》が広がった。

「なに、これ？」

「……美味い」

団と千歳は目を見交わした。どのコロッケを作るか、二人とも結論は同じだったようだ。

千歳は目で二三の姿を追った。二三は視線に気がついて、千歳のそばに近寄った。

「あとでレシピ渡すから、頑張ってね」

「はい、ありがとうございます」

そこへ、康平と瑠美が入ってきた。

「先生、大成功！　千歳さん、先生のコロッケにするって」

「あれ、先生のレシピなんですか？」

千歳の目には称賛が浮かんだが、瑠美は笑って首を振った。

「あれ、目白の有名なお店のメニューなのよ。でも、レシピはお店の料理長が雑誌で披露したものだから、安心して」

康平は瑠美の隣で、二三に向かってポリ袋を掲げて見せた。

「飛露喜《ひろき》と八海山《はっかいさん》。差し入れ」

「いつもありがとう。ゆっくりしてってね」

二三はポリ袋を受け取って厨房に引き返した。一子と皐と万里は、次の料理の準備に余念がない。

「あの二人、幸せになると良いね」

「どっちの二人？」

万里がわざと尋ねた。

「どっちも」

すると、万里は自信たっぷりに答えた。

「大丈夫。自分で選んだ相手なんだから、後悔はしないよ」

それに続く言葉は、聞かなくても察しがついた。

たとえ何かの事情で二人の仲がうまくいかなくなったとしても、全力を尽くした結果なら、受け入れることが出来る。そして、そこに後悔はない。反省はあったとしても。

そうだよね。私も、全然後悔してないもん。

二三は一子を見た。一子も同じことを考えていたのか、静かに頷いた。

「来年も忙しくなると良いね」

万里は客席を振り向いて言った。

「来年どころじゃないっしょ。もう、忙しいよ」

入り口の戸が開いて、また新しいお客さんが入ってきた。山下智と桃田はなに、ハニームーンの宇佐美姉弟、そして……。

「いらっしゃいませ！」

四人は厨房から一斉に叫んだ。

今年最後の営業日も、はじめ食堂は大盛況のうちに終わりそうだった。

食堂のおばちゃんの簡単レシピ集

皆さま、『昭和の焼きめし　食堂のおばちゃん14』を読んでくださって、ありがとうございました。お楽しみいただけたら幸いです。

実はシリーズ第一巻『食堂のおばちゃん』は、かつては台湾《タイワン》で、去年はタイで翻訳《ほんやく》出版されました。しかもタイでは重版になり、第二巻『恋するハンバーグ』も刊行されるんですよ。生活習慣も食文化も日本とは異なるタイで受け容《い》れられたことに、作者本人が一番驚いています。

いよいよグローバル化（？）が進む「食堂のおばちゃん」シリーズに登場する料理に、どうぞ皆さまもチャレンジしてみてください。

①ササミの梅《うめ》和《あ》え素麺《そうめん》

〈材　料〉２人分

素麺２００ｇ（４束くらい）　鶏《とり》ササミ３本　塩・酒　各適量
梅干し２個　めんつゆ大匙《おおさじ》４杯　冷水２００ｃｃ
大葉《おおば》４枚　茗荷《みょうが》２本　長ネギ（できれば白い部分）約５センチ

〈作　り　方〉

●大葉、茗荷、長ネギは千切りにして、長ネギはさっと水に晒《さら》す。白髪ネギにするとベスト。
●ササミは筋を取り、耐熱皿に載せて塩と酒を振り、ラップをふんわりかけて電子レンジ（６００Ｗ）で２分～２分30秒加熱し、粗熱《あらねつ》が取れたら食べやすい大きさに手で裂く。
●梅干しの種《たね》を取って包丁で叩《たた》き、めんつゆと混ぜ合わせ、水で指定の濃度に薄めてタレを作る。
●素麺を茹《ゆ》でて冷水に晒し、水気を切って器に盛る。
●タレをかけ、香味野菜とササミをトッピングする。

〈ワンポイントアドバイス〉

☆タレの味の濃さは好みに合わせて調節してください。
☆素麺をうどんに変えても美味《おい》しくいただけます。

②青梗菜《チンゲンサイ》の蟹餡《かにあん》かけ

〈材　料〉２人分

青梗菜３～４株　カニ缶１個
生姜《しょうが》１片　塩・胡椒《こしょう》　各適量　中華スープの素小匙１杯
片栗粉大匙１杯　油大匙２杯　水１００cc

〈作り方〉

●青梗菜を洗い、長さ半分に切って、葉を一枚ずつ剝《は》がす。
●生姜はみじん切りにする。
●中華鍋《ちゅうかなべ》に油を入れて火にかけ、生姜を炒《いた》めて香りが出たら青梗菜を入れてざっと炒め、カニ缶を汁ごと加え、中華スープの素と水を入れてひと煮たちさせる。

●味を見て、塩・胡椒を加えて調える。
●片栗粉を同量の水で溶いて鍋に入れ、とろみを付けたら器に盛って出来上がり。

〈ワンポイントアドバイス〉

☆茹でた青梗菜の上に、蟹と卵白で作った餡をかけるという方法もありますが、一緒に炒めた方が簡単なので、これにしました。
☆カニ缶は、たまにスーパーで安売りしていることもあるので、諦《あきら》めずに探してみてください。

③カボチャのクリームチーズサラダ

〈材　料〉 ２人分

カボチャ２分の１個　水60ｃｃ　マヨネーズ大匙１杯　塩・胡椒　各適量
クリームチーズ30ｇ　レーズン20ｇ　シナモンパウダー適量

〈作　り　方〉

●カボチャは皮を剝《む》いて一口大に切る。
●耐熱ボウルにカボチャと水を入れ、ラップをかけて電子レンジ（６００Ｗ）で５分加熱する。
●カボチャが柔らかくなったら水を切り、フォークでつぶす。
●マヨネーズと塩・胡椒、クリームチーズを混ぜ合わせ、レーズンを加えて和える。
●つぶしたカボチャと和え、器に盛ってシナモンパウダーを振る。

〈ワンポイントアドバイス〉

☆カボチャの甘さとクリームチーズの濃厚さが溶け合い、レーズンがアクセントになった一品です。
ハロウィンの季節にお試しを。

④椎茸《しいたけ》と厚《あつ》揚《あ》げと豚コマの中華炒め

〈材　料〉２人分

厚揚げ１枚　豚コマ１００g　椎茸４枚
塩・胡椒　各適量　ニンニク１片　オイスターソース大匙１杯
A（生姜１片　中華スープの素大匙１杯　湯１００cc　酒大匙１杯　砂糖・醤油《しょうゆ》　各小匙１杯
酢小匙２杯）
B（酒・醤油・片栗粉　各小匙１杯）サラダ油大匙１杯　ゴマ油適量　片栗粉大匙１杯

〈作　り　方〉

●厚揚げは縦半分に切ってから、厚さ１・５センチくらいに切る。
●椎茸は厚さ５センチくらいに斜め切りにする。
●ニンニクはつぶし、Aの生姜はすりおろして汁を絞る。
●Aの材料を混ぜ合わせて合わせ調味料を作る。
●豚肉にBの酒・醤油で下味をつけ、片栗粉をまぶす。
●フライパンにサラダ油を入れて火にかけ、ニンニクを炒め、香りが立ったら豚肉を入れる。

●豚肉に火が通ったら厚揚げ、椎茸、オイスターソースを加えて二分ほど炒め、Aの合わせ調味料を入れて煮込み、水分が半分くらいになったら、味を見て塩・胡椒を加える。片栗粉を同量の水で溶いたものを回し入れ、とろみをつける。

●仕上げにゴマ油を回しかけて香りをつけ、器に盛る。

〈ワンポイントアドバイス〉

☆丁寧《ていねい》に作りたい方は、厚揚げに熱湯をかけて油抜きを。

☆長ネギ、人参《にんじん》、筍《たけのこ》など野菜の種類を増やし、肉を入れないヘルシーバージョンにしても、食べ応《ごた》えは十分です。

⑤里芋の唐揚《からあ》げ

〈材　料〉２人分

里芋３～４個　片栗粉・揚げ油　各適量

Ａ（無塩出汁《むえんだし》の素大匙１杯　湯３００cc　醤油・みりん・砂糖　各大匙２杯）

〈作　り　方〉

●里芋の皮を剝き、煮物に入れるくらいの大きさ（半分、または三等分くらい）に切る。

●鍋に里芋を入れ、Ａを加えて火にかけ、落し蓋《ぶた》をして中弱火で15分ほど煮る。串《くし》を刺してすんなり通るのが目安。

●煮上がった里芋を冷ましてから、表面に片栗粉を薄くつける。

●鍋に油を入れ、１７０度に熱したら里芋を入れ、表面がカリッとするまで揚げる。中に火が通っているので、１～２分でＯＫ。

〈ワンポイントアドバイス〉

☆甘辛く煮た里芋を揚げると、表面の食感が変わって、新しい味に出会えます。
☆皮を剝いてレンチンで柔らかくした里芋を、調味料と一緒にポリ袋に入れて下味をつけてから揚げる方法もあります。

⑥野菜たっぷりタンメン

〈材　料〉２人分

キャベツ・白菜　各２枚　人参４分の１本　モヤシ１袋　ニラ１束　豚コマ１００g

中華麺２玉　うま味調味料・塩・胡椒・ゴマ油　各適量　中華スープの素大匙２杯

サラダ油・酒　各大匙１杯　水１０００cc

〈作　り　方〉

●キャベツ・白菜・人参は食べやすい大きさに、ニラは長さ5センチに切り、モヤシは洗っておく。

●深めのフライパンにサラダ油を入れて熱し、豚肉と白菜の固い部分と人参を入れて炒め、うま味調味料・塩・胡椒・酒を振る。

●中華スープの素、水、キャベツ、残りの白菜、モヤシを入れて煮立て、ニラを加え、ゴマ油を振ってスープの味を見る。足りない場合は塩を、濃すぎる場合は水を足す。

●中華麺を茹でて湯切りをし、どんぶりに盛る。

●スープを注ぎ、具材を載《の》せて出来上がり。

〈ワンポイントアドバイス〉

☆インスタントラーメンに肉野菜炒めをトッピングしたものは、青春時代によく作って食べました！

☆丁寧に作りたい方は、鶏ガラと野菜くずでスープを取って下さい。

⑦レンコンと牛肉の花椒《ホアジャオ》炒め

〈材　料〉２人分

牛薄切り肉２００g　レンコン１節（２００g）

Ａ（塩・胡椒　各少々　酒大匙１杯）

ニンニク・生姜　各２片　花椒大匙１杯

酒・醤油・オイスターソース・ナンプラー　各大匙１杯　サラダ油大匙２杯

〈作り方〉

●牛肉にＡを振って下味をつける。

●レンコンは皮を剝き、縦に４等分してから厚さ３センチくらいの乱切りにする。

●ニンニクと生姜はみじん切りにする。

●フライパンにサラダ油を入れて弱火にかけ、花椒を焦がさないように炒め、香りを立てる。

●ニンニクと生姜も加えて炒め、香りを立てる。

●牛肉を加えて中火で炒め、ざっと火が通ったらレンコンも入れて炒め、酒を振ってアルコールを飛ばし、最後に醤油とオイスターソースとナンプラーを入れて炒め合わせ、出来上がり。

〈ワンポイントアドバイス〉

☆レンコンのシャキシャキした食感を生かすため、炒めすぎないようにしてください。

☆花椒の香りと鼻に抜ける刺激で、ご飯もお酒も進みます。

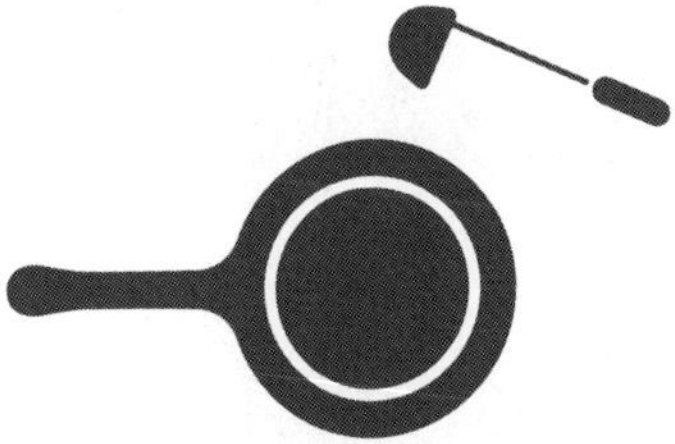

⑧ジャコと野沢菜のチャーハン

〈材　料〉1人分

ご飯200g　野沢菜漬け50g　ジャコ20g　卵1個　ゴマ油大匙1杯

A（醤油・中華スープの素　各2分の1杯　塩・胡椒　各小匙4分の1杯）

〈作り方〉

●野沢菜漬けは幅5センチに切り、卵は溶いておく。

●フライパンにゴマ油を入れて中火で熱し、野沢菜漬けとジャコ、Aを入れて炒め合わせる。

●ご飯を入れて炒め合わせたら端に寄せ、溶き卵を加えて炒める。

●全体に混ぜ合わせて器に盛る。

〈ワンポイントアドバイス〉

☆調味料は、お好みに合わせて増減してください。

☆野沢菜の代わりにカリカリ梅を刻んで入れても美味しいですよ。

⑨お祖父《じい》ちゃんの焼きめし

〈材　料〉1人分

ご飯200g　ソーセージ2本　キャベツの葉1枚　長ネギ5センチ　人参1センチ
卵1個　塩・胡椒　各少々　醤油・鶏ガラスープの素　各小匙1杯　サラダ油大匙1杯

〈作　り　方〉

●ソーセージは薄切り、キャベツ・長ネギ・人参は粗みじんに切る。
●卵は溶いておく。
●フライパンにサラダ油を入れて熱し、卵以外の具材を炒め、塩・胡椒で味を調え、別の容器に移す。
●フライパンに溶き卵を入れて炒め、ご飯を加えて鶏ガラスープの素を振りかけ、炒め合わせる。
●別の容器に移した具材も加えて炒め、最後に鍋肌に醤油を垂らして混ぜ合わせ、味を調える。

〈ワンポイントアドバイス〉

☆焼きめしは各家庭で「自分流」を楽しんでください。料理に正解はありません。

⑩アサリとワカメの韓国《かんこく》風うどん

〈材　料〉２人分

冷凍うどん２玉　アサリ（殻《から》付き）２００g　カットワカメ（乾燥）大匙２杯

長ネギ15センチ　ゴマ油大匙１杯　胡椒・白煎《い》りゴマ　各少々

Ａ（酒大匙１杯　昆布出汁汁６００cc）

Ｂ（塩小匙２分の１杯　ニンニク少々）

〈作　り　方〉

●アサリは砂抜きし、殻をこすり合わせて洗う。

●長ネギはみじん切り、Ｂのニンニクはすりおろす。

●鍋にゴマ油を入れて中火で熱し、長ネギを入れて炒め、しんなりしたらアサリとＡを加えて蓋をする。

●アサリの殻が開いたらカットワカメを加え、柔らかくなったらＢで味を付ける。

●冷凍うどんを指示通りに茹でて湯を切り、器に入れる。

●上からアサリとワカメのスープをかけ、胡椒を振り、白煎りゴマを指でひねってかける。

〈ワンポイントアドバイス〉

☆昆布出汁の素は無塩の粉状の品が市販されています。

☆塩気はお好みで加減してください。

⑪牡蠣《かき》のバター醤油ステーキ

〈材　料〉２人分

牡蠣（加熱用）10個　片栗粉・塩・胡椒　各適量

小麦粉大匙２杯　サラダ油大匙１杯

バター10g　醤油大匙１杯

〈作り方〉

●牡蠣は片栗粉をまぶしてから水洗いし、キッチンペーパーで水分を拭き取る。

●牡蠣に塩・胡椒で下味をつけ、小麦粉をまぶす。

●鍋にサラダ油を引き、中火で熱して牡蠣を入れて焼き、火が通ったらバターを載せる。

●バターが溶けたら、フライパンの鍋肌で焦がすようにして醤油を入れ、牡蠣にからめて出来上がり。

〈ワンポイントアドバイス〉

☆焦げた醤油の香りとバターの香りが溶け合って、匂《にお》いだけでお酒が飲めそうです。

本書の第一話から第四話は「ランティエ」二〇二三年二月号〜五月号に、連載されました。第五話は書き下ろし作品です。

Haruki Bunko
ハルキ文庫

や 11-16

昭《しょう》和《わ》の焼《や》きめし 食堂《しょくどう》のおばちゃん⑭

著者 山《やま》口《ぐち》恵《え》以《い》子《こ》

2023年7月18日第一刷発行
2023年8月8日第二刷発行

発行者 角川春樹

発行所 株式会社角川春樹事務所
〒102-0074 東京都千代田区九段南2-1-30 イタリア文化会館

電話 03(3263)5247(編集)
03(3263)5881(営業)

印刷・製本 中央精版印刷株式会社

フォーマット・デザイン 芦澤泰偉
表紙イラストレーション 門坂 流

ISBN978-4-7584-4578-8 C0193 ©2023 Yamaguchi Eiko Printed in Japan
http://www.kadokawaharuki.co.jp/[営業]
fanmail@kadokawaharuki.co.jp[編集] ご意見・ご感想をお寄せください。

山口恵以子の本

恋するハンバーグ
食堂のおばちゃん2

トンカツ、ナポリタン、ハンバーグ、オムライス、クラムチャウダー……帝都ホテルのメインレストランで副料理長をしていた孝蔵は、愛妻一子と実家のある佃で小さな洋食屋をオープンさせた。理由あって無銭飲食した若者に親切にしたり、お客が店内で倒れたり——といろいろな事件がありながらも、「美味しい」と評判の「はじめ食堂」は、今日も大にぎわい。ロングセラー『食堂のおばちゃん』の、こころ温まる昭和の洋食屋物語。巻末に著者のレシピ付き。(文庫化に際してサブタイトルを変更しました)

山口恵以子の本

愛は味噌汁
食堂のおばちゃん3

オムレツ、エビフライ、豚汁、ぶり大根、麻婆ナス、鯛茶漬け、ゴーヤチャンプルー……昼は定食屋で夜は居酒屋。姑の一子《いちこ》と嫁の二三《ふみ》が仲良く営んでおり、そこにアルバイトの万里《ばんり》が加わってはや二年。美味しくて財布にも優しい佃の「はじめ食堂」は常連客の笑い声が絶えない。新しいお客さんがカラオケバトルで優勝したり、常連客の後藤に騒動が持ち上がったり、一子たちがはとバスの夜の観光ツアーに出かけたり——「はじめ食堂」は、賑やかで温かくお客さんたちを迎えてくれる。文庫オリジナル。

ハルキ文庫

山口恵以子の本

ふたりの花見弁当
食堂のおばちゃん4

「あら、牡蠣と白菜のクリーム煮ですって、美味しそ〜」「あたしは、メンチカツ定食」――姑の一《いち》子《こ》と嫁の二三《ふみ》に手伝いの万里《ばんり》の三人で営む「はじめ食堂」は、今日も常連客で大にぎわい。そんなある日、常連のひとり三原が、一子たちをお花見に招待したいという。三原は元帝都ホテルの社長で、十年程前に妻を亡くして、佃のタワーマンションに一人住まい。一子は家族と親しい人を誘って出かけるが……。心温まる料理と人情で大人気の「食堂のおばちゃん」シリーズ、第四弾。

山口恵以子の本

食堂メッシタ

ミートソース、トリッパ、赤牛のロースト、鶏《とり》バター、アンチョビトースト……美味《おい》しい料理で人気の目黒の小さなイタリアン「食堂メッシタ」。満希《まき》がひとりで営む、財布にも優しいお店だ。ライターの笙子《しょうこ》は母親を突然亡くし、落ち込んでいた時に、満希の料理に出会い、生きる力を取り戻した。そんなある日、満希が、お店を閉めると宣言し……。イタリアンに人生をかけた料理人とそれを愛するひとびとの物語。